Günter Wilkening · Die kleine Tanne Carolina

Günter Wilkening

Die kleine Tanne Carolina

AUGUST VON GOETHE LITERATURVERLAG

IM GROSSEN HIRSCHGRABEN ZU FRANKFURT A/M

Das Programm des Verlages widmet sich
– in Erinnerung an die
Zusammenarbeit Heinrich Heines
und Annette von Droste-Hülshoffs
mit der Herausgeberin Elise von Hohenhausen –
der Literatur neuer Autoren.
Das Lektorat nimmt daher Manuskripte an,
um deren Einsendung das gebildete Publikum
gebeten wird.

Ein Unternehmen der Holding
FRANKFURTER VERLAGSGRUPPE
AKTIENGESELLSCHAFT AUGUST VON GOETHE
In der Straße des Goethehauses/Großer Hirschgraben 15
D-60311 Frankfurt a/M
Tel. 069-40-894-0 ✱ Fax 069-40-894-194
email: lektorat@frankfurter-literaturverlag.de

Medien- und Buchverlage
DR. VON HÄNSEL-HOHENHAUSEN
seit 1987

Websites der Verlagshäuser der Frankfurter Verlagsgruppe:

www.frankfurter-verlagsgruppe.de
www.frankfurter-literaturverlag.de
www.frankfurter-taschenbuchverlag.de
www.august-goethe-literaturverlag.de
www.fouque-literaturverlag.de
www.weimarer-schiller-presse.de
www.deutsche-hochschulschriften.de
www.deutsche-bibliothek-der-wissenschaften.de
www.haensel-hohenhausen.de

Bibliografische Information der Deutschen Nationalbibliothek
Die Deutsche Nationalbibliothek verzeichnet diese Publikation in der Deutschen
Nationalbibliografie; detaillierte bibliografische Daten sind im Internet
über http://dnb.d-nb.de abrufbar.

Lektorat: Daniela Frank
Satz und Gestaltung: Lasse Mertlich M.A.
ISBN 978-3-8372-0687-6

Die Autoren des Verlags unterstützen den Bund Deutscher Schriftsteller e.V.,
der gemeinnützig neue Autoren bei der Verlagssuche berät.
Wenn Sie sich als Leser an dieser Förderung beteiligen möchten, überweisen Sie bitte
einen – auch gern geringen – Beitrag an die Volksbank Dreieich, Kto. 7305192, BLZ 505 922 00,
mit dem Stichwort „Literatur fördern". Die Autoren und der Verlag danken Ihnen dafür!

Gedruckt auf säurefreiem, alterungsbeständigem Papier,
hergestellt aus chlorfrei gebleichtem Zellstoff (TcF-Norm)

Printed in Germany

Für Carolina und Luisa

Die kleine Tanne Carolina

In der Nacht hatte es geschneit. Dicke, weiche Schneeflocken hatten sich lautlos und sanft auf die Zweige und Nadeln der kleinen Tanne Carolina gelegt, so vorsichtig, als wollten sie die schlafende Tanne nicht aufwecken. Alles hatten die Flocken bedeckt: Das große Feld, das sich vor der Tanne weit nach beiden Seiten und im leichten Gefälle nach unten bis zur Straße hin erstreckte, den hinter der Straße liegenden Berg mit den vielen Bäumen, der wie ein riesiger Buckel aussah, und die Häuser der kleinen Stadt, die sich rechts in der Ferne auf einen anderen Berg hinauf erstreckten. Na ja, hohe Berge waren das nicht; aber den Menschen, die auf den Wegen und Straßen nach oben stiegen, wurde besonders im Sommer ganz schön warm.

Auch die Bank rechts neben der kleinen Tanne war mit weichem Schnee bedeckt und die Sträucher, die die Bank hinten und an beiden Seiten umgaben und etwas höher waren als die Rückenlehne der Bank. Die schon sehr alte, haushohe, knorrige Eiche sah durch den Schnee zum Verlieben jung aus. Sie stand jenseits eines schmalen Weges, der zwischen ihr und der kleinen Tanne etwa von Ost nach West verlief, auf einem kleinen Stück Gras, das an das große Ackerland grenzte. Die langen, dicken Äste der Eiche ragten mehrere Meter weit über das Feld, über den Weg und sogar etwas über die kleine Tanne. Der Schnee lag so locker auf den Ästen, dass ein Windstoß genügt hätte, ihn wegzupusten. Aber es wehte kein Wind. Es war so still, dass selbst die Eiche nichts vom Schneien gemerkt hatte und noch schlief. Rechts von der Bank, aber einige Meter von ihr entfernt und etwas weg vom Weg, stand ein ganz sonderbarer Baum, der etwa halb so hoch war wie die Eiche, aber etwas teuflisch aussah, weil sich seine Zweige und dicken Äste wie aus der Erde verdreht nach oben schlängelten und einige von ihnen sogar aus halber Höhe in Windungen nach unten gewachsen waren. Andere hatten in der Breite kringelige Formen angenommen wie sie bei keinem anderen Baum zu sehen waren. An Regentagen und bei Nebel wirkte er etwas unheimlich. An diesem Morgen jedoch sah er mit dem lockeren Schnee auf den Ästen richtig schön aus.

Aber auch ohne Schnee war er für die kleine Tanne ein angenehmer Nachbar. Die Kinder liebten ihn, weil sie in ihm wegen der vielen Windungen und Verdrehungen besonders gut herumklettern konnten. Der Wald, der sich gegenüber dem Feld und diesseits des Weges auf eine leichte Anhöhe erstreckte, war natürlich auch verschneit. Eigentlich war es aber gar kein richtiger Wald. Es war mehr ein Park, der zu einem Badeort gehörte, mit einigen Schutzhütten und vielen Bänken darin. Den Badeort hatte die Tanne jedoch noch nicht gesehen.

Als die kleine Tanne Carolina langsam aus ihrem Schlaf erwachte und die Augen aufschlug, wurde sie von dem vielen Schnee fast geblendet. Am liebsten hätte sie vor Freude geschrieen. Aber sie verhielt sich still, um Knorre, die Eiche, und Süntel, die Buche mit den kringeligen Ästen, nicht zu wecken. Carolina hatte rechtzeitig bemerkt, dass beide noch schliefen. Sie nannte die Eiche wegen ihrer dicken, langen Äste Knorre, und die Buche hatte von Caroline den Namen Süntel bekommen, weil sie von den Menschen als Süntelbuche bezeichnet wurde. Da die Sträucher, Knorre und Süntel noch schliefen und Carolina sie nicht wecken wollte, hatte sie Zeit, das wunderschöne Landschaftsbild zu betrachten. Am Himmel sah sie dicke, graue Wolken, die aber schon einige Lücken hatten, durch die das Blau des Himmels zu sehen war.

„Vielleicht scheint bald die Sonne", dachte sie, „dann wird es zwar nicht lange dauern, bis der Schnee von den Ästen fällt, aber die Sonne tut uns allen gut." Carolina liebte die Sonne, die, wenn sie schien, das große Feld, den Weg, ihre Nachbarn und überhaupt die ganze Landschaft erwärmte. Schon morgens, wenn sie im Osten aufging, wurden sie, Knorre, Süntel und die Sträucher bestrahlt. Dann zog sie im Süden ihre Bahn, bis sie abends im Westen hinter dem Berg unterging, an dem die kleine Stadt lag. Den ganzen Tag über hatten die Bäume und Sträucher am Wegesrand dann Sonne. Im Sommer war es hier manchmal sehr warm. Aber Carolina, Knorre, Süntel und die Sträucher störte das nicht. Sie mochten die Wärme, jedenfalls die trockene. Als Carolina eine Zeit lang die verschneite Landschaft bewundert hatte, merkte sie, dass Knorre allmählich aufwachte. Auch die Eiche wurde von der weißen Pracht fast ge-

blendet, als sie die Augen aufschlug.
„Was ist denn das?“, fragte sie mit erstaunter Stimme, die so tief und knorrig klang wie sie aussah. „Davon habe ich ja gar nichts bemerkt.“
Carolina schmunzelte und rief begeistert zu Knorre hinüber: „Ist das nicht ein herrliches Bild?“
„Wunderbar“, knurrte Knorre überwältigt von der weißen Pracht und fügte hinzu: „Wir können froh sein, dass wir hier und nicht im Park stehen und den weiten Blick über das Land haben. Die da hinten im Park können sich nur gegenseitig betrachten. Auf die Dauer ist das doch langweilig.“
„Ja, das finde ich auch“, bemerkte Carolina. „Und dann die Menschen, die hier auf dem Weg vorbeikommen und sich manchmal auf die Bank setzen. Was die so alles reden. Das ist oft sehr interessant und spannend. Die im Park bekommen davon nichts mit. Ja, Knorre, ich bin ebenfalls froh, dass wir diesen Platz haben und vor allem, dass wir uns so gut verstehen.“
„Das will ich meinen“, brummte Knorre und ergänzte schmeichelnd: „Im Übrigen siehst du heute sehr hübsch aus in deinem weißen Kleid.“
„Na, na, nun übernimm dich man nicht“, entgegnete Carolina, obwohl sie mächtig stolz über das Kompliment von Knorre war, der bisher kaum solche schmeichelhaften Bemerkungen gemacht hatte, vielleicht einmal oder zweimal in den vergangenen Jahren. Aber heute hatte ihn wohl der Schnee in Stimmung versetzt, seiner viel jüngeren Nachbarin ein Kompliment zu machen.
„Du siehst aber auch gut aus heute Morgen“, beeilte sich Carolina, eine Schmeichelei zurückzugeben.
„Nur heute Morgen?“ knurrte Knorre etwas amüsiert.
„Nein, nein, sonst auch“, entgegnete Carolina eilends, in der Befürchtung, etwas Falsches gesagt zu haben. „Im Sommer, wenn du grüne Blätter hast, wirst du mehr bewundert als ich. Dann bist du weitaus schöner. Wirklich.“
„Du brauchst dich gar nicht so zu bemühen, mir ebenfalls ein Kompliment zu machen“, brummte Knorre zurück und fügte weise hinzu: „Ich bin inzwischen so alt, dass mich Komplimente und

Schmeicheleien nicht mehr wirklich berühren, dass sie mir manchmal sogar peinlich sind – wenn sie nicht gerade von dir kommen."
„Das ist ja schon wieder ein Kompliment für mich", kicherte Carolina erfreut.
„Du merkst aber auch alles", lobte Knorre seine junge Nachbarin. Dann schwiegen beide eine Weile.
„Sag mal, Carolina, was ist denn bloß mit Süntel los?", setzte Knorre das Gespräch fort. „Schläft der etwa immer noch? Jetzt wird es aber allmählich Zeit, dass er wach wird. Es ist schon taghell." Dann holte er tief Luft und rief mit dunkler Stimme zu Süntel hinüber: „Wach endlich auf, du Langschläfer, und schau dir an, was heute Nacht passiert ist."
Carolina kicherte in sich hinein und beobachtete Süntel, wie der erschrocken die Augen aufschlug und dann ganz erstaunt die weiße Landschaft betrachtete.
„Donnerwetter!", rief er zu Knorre und Carolina hinüber, „sieht das gut aus. Und ich habe nichts davon bemerkt."
„Wir auch nicht!", riefen Carolina und Knorre wie aus einem Munde zu Süntel hinüber. Dann schwiegen die drei und blickten wie andächtig über das Feld zu den Bergen und der kleinen Stadt hinüber. Carolina unterhielt sich gern mit Knorre und Süntel, obwohl sie viel jünger war als ihre beiden Nachbarn. Manchmal wirkte sie dabei zwar etwas vorlaut und altklug, aber Knorre und Süntel nahmen ihr das nicht übel. Sie überhörten das wegen ihres jugendlichen Alters. Carolina hatte sogar oft den Eindruck, dass beide an ihrer Meinung interessiert waren und von ihr etwas lernen wollten, wenngleich keiner von beiden zugeben würde, dass Carolina in manchen Dingen klüger war als sie. Mit den Sträuchern, die hinter und an beiden Seiten der Bank standen, plauderte sie nicht so gern, weil diese ständig durcheinander redeten, wenn sie miteinander sprachen oder sich mit ihr, Knorre und Süntel unterhielten. Auch waren sie oft albern und lachten über fast alles. Carolina konnte sie nicht so recht ernst nehmen. So war es gekommen, dass sie sich meistens mit Knorre und Süntel unterhielt. Die anderen Bäume und Sträucher im Park standen so weit entfernt, dass ein Gespräch mit ihnen nur mit lauter Stimme möglich war. Das aber war für

Carolina, Knorre und Süntel zu anstrengend. Carolina konnte sich jedoch nicht nur mit Knorre, Süntel, den Sträuchern und anderen Bäumen unterhalten, sondern auch mit Tieren. Auch Knorre, Süntel und die Sträucher konnten das. Darüber hinaus hatten sie die Fähigkeit, die Gespräche der Menschen zu verstehen, ohne dass diese etwas davon merkten. Allerdings konnten sie nicht sprechen wie die Menschen. Das bedauerte Carolina sehr. Sie hätte sich gern auch mal mit Menschen unterhalten. Für Knorre und Süntel war das aber anscheinend nicht so wichtig. Carolina hatte den Eindruck, dass beide darauf keinen Wert legten. Die geschwätzigen Sträucher sowieso nicht. Wenn Carolina mit ihren Nachbarn oder mit Tieren sprach, bekamen die Menschen davon nichts mit. Was sie von den Menschen bisher gehört hatte, war oft lustig, hin und wieder lehrreich, manchmal aber auch traurig gewesen.
Inzwischen waren auch die Sträucher aus ihrem Schlaf erwacht und riefen begeistert durcheinander:
„Sieht das gut aus. Sieht das gut aus. So könnte es eine Zeit lang bleiben. Ja, so könnte es eine Zeit lang bleiben."
Knorre, Süntel und Carolina amüsierten sich im Stillen über die Ausrufe der Sträucher, machten aber keine ironische Bemerkung dazu. Plötzlich rief Knorre zu Carolina hinüber:
„Dein Namensgeber kommt mal wieder mit seiner Tochter." Nach einer Weile fügte er hinzu: „Er trägt etwas in seiner rechten Hand. Ich glaube, es ist eine kleine Tanne."
Knorre konnte von seinem Standort aus den Weg nach rechts und links weiter überblicken als Carolina, Süntel und die Sträucher. Und deshalb sah er früher, wenn sich Menschen oder Tiere auf dem Weg näherten. Carolina war immer aufmerksam gespannt, wenn Knorre näher kommende Menschen oder Tiere ankündigte. Es bestand dann die Möglichkeit, sich mit den Tieren zu unterhalten und den Menschen zuzuhören, wenn sie sprachen. Jetzt aber freute sie sich ganz besonders auf das Mädchen Carolina und ihren Vater.
„Der will seiner Tochter wohl wieder mal erzählen, wann und warum er dich hier eingepflanzt hat. Das hat er bisher jedes Mal gemacht", sagte Süntel amüsiert. „Allmählich wissen wir doch alle Bescheid." Dann fügte er neugierig hinzu: „Ich möchte allerdings wissen, was er

mit der Tanne machen will, die er in der einen Hand trägt?"
„Vielleicht erfahren wir es gleich", sagte die kleine Tanne in gespannter Erwartung. „Im Übrigen solltest du dich nicht darüber lustig machen, wenn Carolinas Vater seiner Tochter jedes Mal wieder erzählt, warum er mich hier eingepflanzt hat. Die Tochter hört das sicher immer wieder gern. Kleine Kinder sind nun mal so. Ich finde so etwas gut."
„Ich auch", brummte Knorre und fügte mit leiser Stimme hinzu: „Gleich sind sie da."
Die Sträucher riefen aufgeregt durcheinander:
„Wir hören seine Geschichte auch immer wieder gern, immer wieder gern. Was er wohl mit der Tanne machen will, die er bei sich hat, bei sich hat?"
„Ich finde es ja auch nicht schlecht, wenn der Vater seiner Tochter jedes Mal wieder die Geschichte erzählt. Ich glaube auch, dass kleine Kinder solche Geschichten immer wieder gern hören", sagte Süntel kleinlaut, der den Vater und das Mädchen jetzt im Blickfeld hatte. Dann schwiegen die drei. Nur die Sträucher begannen alsbald wieder durcheinander zu schwatzen.
Inzwischen hatten Vater und Tochter die Bank erreicht und waren davor stehen geblieben. Das Mädchen hatte eine kleine Schaufel bei sich.
„Sieh mal, Carolina", sagte der Vater zu seiner Tochter, „wie gut die Tanne gewachsen ist. Als ich sie vor vier Jahren nach deiner Geburt hier einpflanzte, war sie so klein wie du damals, etwa 50 Zentimeter. Jetzt ist sie schon fast so groß wie ich. Ich habe ihr aus Freude über deine Geburt deinen Vornamen gegeben."
„Hat sie das gehört?" fragte die Tochter.
„Nein, das hat sie nicht", antwortete der Vater, „denn Bäume können unsere Sprache nicht verstehen. Außerdem habe ich ihr nur leise, mehr in Gedanken, deinen Vornamen gegeben."
Die kleine Tanne hörte gerührt zu.
„Doch, ich habe damals alles verstanden", dachte sie. Sie hätte den Vater gern darüber aufgeklärt; aber sie konnte das nicht, weil sie die Sprache der Menschen zwar verstehen, jedoch nicht sprechen konnte.

„Der sollte man wissen, dass wir alles mitbekommen, was er sagte“, lachte Knorre. Und Süntel knurrte vor sich hin:
„Der hat keine Ahnung, was wir alles verstehen. Aber er soll man ruhig weiterreden. Dann können wir uns wenigstens über seine Gefühlsduselei amüsieren.“
„Er meint das sehr ernst“, flüsterte die kleine Tanne. „Darüber solltest du dich nicht lustig machen. Ich tue das jedenfalls nicht. Und jetzt sei ruhig, ich möchte hören, was beide noch sagen.“
„Ich schweige ja schon“, entgegnete Süntel ebenfalls im Flüsterton, als befürchtete er, von den beiden Menschen verstanden zu werden. Er hatte in diesem Augenblick vergessen, dass das nicht so war.
„Willst du die Tanne, die wir mitgebracht haben, auch hier einpflanzen?“, fragte das Mädchen.
„Nein“, antwortete der Vater, „hier ist nicht mehr genügend Platz für sie. Wir gehen etwas weiter und suchen für sie einen ebenso schönen Platz wie ihn die Tanne Carolina hat. Sie wird dann ganz in der Nahe von ihr stehen. Auch sie soll an diesem Weg aufwachsen.“
Nach einer Weile fügte er hinzu: „Du darfst das Loch graben, sie einpflanzen und ihr den Namen deiner Schwester geben. Ich helfe dir beim Einpflanzen. Danach besuchen wir Mama und deine kleine Schwester Katarina im Krankenhaus.“
Das Mädchen ging zur Tanne Carolina und strich zärtlich mit einer Hand über die Nadeln eines Zweiges. Obwohl sie das ganz vorsichtig tat, fiel etwas Schnee vom Zweig zur Erde. Die kleine Tanne Carolina war zum Weinen gerührt. Süntel, der das bemerkte, rief ihr belustigt zu:
„Nun fang bloß nicht an zu heulen.“
„Du hast für so etwas ja auch kein Gefühl, du bist ein Grobian“, antwortete die Tanne, „du magst nur Kinder, die in dir herumklettern und auf deinen dicken Ästen herumtrampeln.“
„Du bist wohl neidisch, weil das bei dir nicht möglich ist. Deine Äste sind viel zu dünn und dicht, und deine Nadeln pieksen“, rief Süntel zurück und lachte hämisch. Trotzdem hatte er die kleine Tanne gern. Aber hin und wieder konnte er es nicht lassen, sich über ihre Feinfühligkeit lustig zu machen.
„Zankt euch nicht“, knurrte Knorre zu den beiden hinüber, „freut

euch lieber darüber, dass mehr und mehr blauer Himmel zu sehen ist und bald die Sonne scheinen wird."
„Wird Carolina auch mal so groß wie die Tanne da drüben?", fragte die Tochter ihren Vater und zeigte auf eine hohe Tanne am Rande des großen Feldes.
„Ich hoffe es", antwortete der Vater. Dann entfernten sich beide langsam. Für Carolina, Süntel und die Sträucher waren sie schon bald nicht mehr sichtbar. Nur Knorre konnte sie in einiger Entfernung zunächst noch sehen und dabei beobachten, wie sie zwischen anderen Bäumen und Sträuchern am Wege verschwanden. Knorre teilte seine Beobachtungen den anderen mit und döste anschließend eine Zeit lang vor sich hin, da nichts Interessantes zu sehen und zu hören war. Auch Carolina, Süntel und die Sträucher schwiegen. Dann bemerkte Süntel plötzlich, wie der Hase Hoppel vorsichtig zwischen den Bäumen des Parks hervorkam, langsam zum Weg hoppelte und sich dabei ängstlich nach allen Seiten umsah.
„Bist du ein Angsthase?", brummte Knorre, der Hoppel inzwischen auch gesichtet hatte. „Es ist weit und breit kein Mensch und Hund zu sehen. Ich sage dir Bescheid, wenn jemand kommt."
„Das beruhigt mich", antwortete Hoppel, bedankte sich bei Knorre und fügte hinzu: „Ich habe Lust, eine schnelle Runde auf dem verschneiten Feld zu drehen. Meine Glieder sind vom langen Schlaf ganz steif. Passt ihr auf, ob jemand kommt?"
„Natürlich", sagte die Tanne und ergänzte fürsorglich: „Aber überanstrenge dich nicht. Du solltest dich erst langsam warm laufen."
"Na klar, Hoppel, wir passen auf. Nun renn los und gib uns eine Vorstellung. Zeig, was du kannst!", rief Süntel dem Hasen zu.
„Soll ich, Knorre?", fragte Hoppel noch etwas unsicher.
„Aber ja", antwortete Knorre. „Nun lauf los, so schnell du kannst."
„Lauf, Hoppel, lauf los! Wir möchten mal sehen, wie schnell du bist!", riefen die Sträucher aufgeregt durcheinander.
Und dann rannte Hoppel aufs weite Feld hinaus. Machte Luftsprünge und schlug wieder und wieder Haken, so dass der pulverige Schnee aufgewirbelt wurde. Es machte ihm offensichtlich Spaß, über das verschneite Feld zu rasen. Carolina, Knorre und Süntel verfolgten die Vorführungen des Hasen fasziniert. Die Sträucher plapperten

derart aufgeregt und bewundernd durcheinander, dass man kaum ein Wort von ihnen verstehen konnte.
„Schneller, schneller!", schrieen sie hinter dem Hasen her, „schneller, Hoppel! Schlag noch einen Haken!"
Inzwischen war Büschel, das Eichhörnchen, von den lauten Gesprächen wach geworden. Es hatte die Nacht in einer tiefen Spalte verbracht, die vor Jahren ein Blitz in den Stamm der Eiche geschlagen hatte und sich etwa drei Meter über dem Boden befand.
„Was ist denn hier los?", fragte Büschel neugierig und flitzte in Knorres Spitze, von wo aus er am besten die Vorführung des Hasen beobachten konnte.
„Donnerwetter ist der schnell, schneller als ich", rief Büschel bewundernd aus, fügte jedoch gleich etwas angeberisch und stolz auf sich selbst hinzu: „Hoppel kann zwar schneller laufen als ich, aber er kann nicht wie ich auf Bäume klettern. Wenn er das könnte, bräuchte er keine Angst vor Hunden zu haben."
„Gib nicht so an", knurrte Knorre und Süntel rief zu den beiden hinüber:
„Du bist schon immer eitel gewesen und hast dir was auf deine Kletterkünste und dein gutes Aussehen eingebildet. Nun bewundere doch auch mal Hoppel und erwähne nicht gleich, was du besser kannst".
„Süntel hat Recht. Das tut man nicht, Büschel", sagte Carolina vorsichtig. „Jeder hat seine Fähigkeiten. Die sollte man auch anerkennen und dabei nicht hervorheben, was man selbst besser kann."
Carolina mochte Büschel und irgendwie gefiel ihr seine unkomplizierte Art, sich etwas hervorzutun. Im Grunde war Büschel feinfühlig wie Carolina, die das spürte und ihn deshalb nur behutsam zu belehren versuchte.
"Es stimmt ja, was ihr sagt", erwiderte Büschel kleinlaut und nahm sich vor, Hoppel für seine Vorführung zu loben. Inzwischen war Hoppel völlig außer Atem zurückgekehrt. Er schnaufte und lies den Kopf hängen.
„Prima hast du das gemacht", brummte Knorre anerkennend, „vor allem, wie du den Schnee aufgewirbelt hast. Das sah toll aus."

„Große Klasse“, lobte Süntel, und die Sträucher plapperten durcheinander:
„Ganz toll, Hoppel, ganz toll.“ Auch Büschel rang sich zu einem kurzen Lob durch, dachte aber insgeheim dabei, dass Hoppel eben nicht wie er auf Bäume klettern konnte. Nur Carolina konnte sich beim Anblick des völlig erschöpften Hasen nicht so recht begeistern. Sie hatte etwas Mitleid mit ihm und sagte:
„Komm, Hoppel, ruh dich unter meinen Zweigen aus. Ich weiß zwar, dass du lieber auf dem Feld in einer Kuhle bist, aber an meinem Stamm unter meinen Zweigen bist du sicherer als auf dem Acker.“ Und nach einer Weile fügte sie hinzu: „Ich schlage dir vor, auch künftig dein Lager unter meinen Zweigen einzurichten. Glaube mir, Hoppel, das ist sicherer für dich.“
„Meint ihr das auch?“, fragte Hoppel etwas zweifelnd die anderen. Als diese wie aus einem Munde seine Frage bejahten und ihm dringend rieten, den Vorschlag Carolinas anzunehmen, erklärte Hoppel, dass er in Zukunft unter den Zweigen der kleinen Tanne schlafen wolle. Im Übrigen war er mächtig stolz auf sich und auf die Anerkennung, die sein Laufen im Schnee gefunden hatte. Mit hängendem Kopf und mit letzter Kraft hüpfte er zu Carolina hinüber und schlüpfte unter ihre bis zum Boden reichenden Zweige. Hier fühlte er sich geborgen, weil er von außen nicht zu sehen war und keine Angst mehr vor Menschen und Hunden zu haben brauchte.
„Weg ist er, der Held des Tages“, sagte Süntel spöttisch. „Ich nehme an, dass er jetzt erst mal einige Stunden schlafen wird.“ Danach rief er laut zu Carolina hinüber: „Schlaf gut, Hoppel. Das hast du wirklich großartig gemacht. Du bist der schnellste Hase, den ich kenne.“ Hoppel hörte die Bemerkungen von Süntel vor Müdigkeit schon nicht mehr. Er war bereits eingeschlafen.
Als es Mittag wurde, hatten sich die Wolken verzogen. Die Sonne schien strahlend vom blauen Himmel und der Schnee begann auf den Ästen und Zweigen der Bäume und Sträucher und auf der Bank allmählich zu schmelzen. Das Schmelzwasser tropfte unaufhörlich auf den Boden.
Schade, dachte die kleine Tanne, bald ist von der weißen Pracht nichts mehr zu sehen.

Knorre, Süntel und die Sträucher waren still und hielten in der warmen Sonne einen Mittagsschlaf. Auch Hoppel lag noch unter den tief hängenden Zweigen der kleinen Tanne. Büschel strolchte im Park herum. Er brauchte sich nur vor Hunden in Acht zu nehmen. Aber wenn er sie rechtzeitig sah, konnte er auf Bäume flitzen. Dort war er vor ihnen sicher. Die Menschen brauchte er nicht zu fürchten. Sie mochten ihn und einige versuchten manchmal sogar ihn anzulocken. Aber bisher hatte er sich diesen Menschen nur bis auf wenige Schritte genähert. Man konnte ja nie wissen, was sie mit ihm machen würden, wenn er sich ihnen zum Greifen näherte. Er war sehr vorsichtig. Hoppel verließ am Nachmittag für kurze Zeit seine Schlafstelle unter der kleinen Tanne, hoppelte vorsichtig in den Park und schlüpfte dann wieder unter die tief hängenden Zweige der Tanne. Er war froh, einen Rastplatz unter Carolinas Zweigen zu haben. Hier konnte er wenigstens tief schlafen und brauchte nicht wie in einer Furche auf dem Feld aus Angst vor Feinden die Nächte im Halbschlaf zu verbringen.
Büschel suchte am späten Nachmittag vor dem Dunkelwerden die Spalte in der Eiche auf, blinzelte vor dem Hinlegen noch ein paar Mal nach rechts und links und als er auf dem Weg niemand sah, zog er sich auf sein Nachtlager zurück. So verging der Tag, ohne dass sich noch etwas Besonderes ereignete.

Als die Sonne hinter dem Berg versank, an dem die kleine Stadt lag, war auf dem Feld stellenweise schon wieder die grüne Saat zu sehen. Dann wurde es dunkel und nach Stunden wieder hell. Und auf den neuen Tag folgte wieder eine Nacht. So vergingen die Tage, die Nächte und die Wochen. Der Schnee war inzwischen völlig weggetaut. In dieser Zeit zogen oft dicke Regenwolken vom Berg herüber, an dem die kleine Stadt lag, und es stürmte und regnete fast jeden Tag. Trotzdem war es anders als zuvor. Wenn die Sonne schien, war es schon angenehm warm. Blumen steckten ihre Köpfe aus dem Boden, die Saat auf dem großen Feld wurde höher und aus den Ästen der kleinen Tanne, der Sträucher, der Eiche, der Buche Süntel und überhaupt aus allen Gewächsen im Park pressten sich ganz allmählich neue Triebe. Vögel zwitscherten in den Bäumen und bauten Nester. Hoppel traute sich jetzt immer öfter und länger aus seinem Lager unter der kleinen Tanne hervor und Büschel flitzte auffällig rastlos in den Bäumen umher. Die Sträucher quasselten stundenlang durcheinander. Carolina war etwas unruhiger als in den Wochen vorher. Nur Knorre und Süntel waren die Ruhe selbst. Auf dem Weg zwischen Knorre und der kleinen Tanne gingen jetzt häufiger Menschen als zuvor. Aber auf die Bank setzten sich nur einige von ihnen und immer nur für kurze Zeit. Es war wohl noch zu kühl zum Sitzen auf der Bank.

„Merkst du was?“, rief Süntel eines Tages zu Carolina hinüber. „Es wird Frühling. Und nach einiger Zeit fügte er spitzbübisch hinzu: „Hast du schon entsprechende Gefühle?“

Carolina kicherte, wiegte ihre Zweige kokett hin und her und erwiderte gespielt:

„Aber ja, Süntel. Ich weiß mit meinen Frühlingsgefühlen schon gar nicht mehr wohin. Wenn ich zu dir kommen könnte, würde ich dich jetzt drücken.“

„Na, na, na“, brummte Knorre lachend, „wenn ihr erst einmal so alt seid wie ich, ist nicht mehr viel mit Frühlingsgefühlen.“ Die Sträucher schüttelten sich vor Lachen. Sie lachten überhaupt albern über vieles, was an sich gar nicht zum Lachen war.

Als Carolina eine Amsel bemerkte, die dabei war, in den Ästen von Knorre ein Nest zu bauen, rief sie dem Vogel zu: „Baue dein Nest lieber in meinen Zweigen. Ich habe wiederholt beobachtet, wie diebische Elstern auf dem Feld herumstolzieren. Du weißt ja, dass sie deine Eier mögen. An ein Nest in meinen dichten Zweigen kommen sie nicht so schnell heran. Außerdem mögen sie meine spitzen Nadeln nicht.“

„Ich habe zwar nichts dagegen, wenn du dein Nest in meinen Zweigen baust“, warf Knorre ein, „ich empfehle dir aber ebenfalls, dein Nest in der kleinen Tanne zu bauen. Dort sind deine Eier sicherer. Den eingebildeten Elstern ist nicht zu trauen.“

Die Amsel erinnerte sich, dass ihre Eier vor einigen Jahren schon einmal von Elstern aus einem Nest gestohlen worden waren. Sie hatte damals ohnmächtig zusehen müssen, wie Elstern die Schale ihrer Eier aufpickten und den Inhalt aufschlürften.

„Ich würde den Rat von Carolina annehmen", rief Süntel der Amsel zu.
„Das werde ich auch", erwiderte die Amsel und flog mit einem kleinen Zweig im Schnabel zwischen die Äste der Tanne. Von nun an flog sie emsig Tag für Tag mit trockenem Gras, Stroh oder kleinen Zweigen im Schnabel zwischen dem Park, dem großen Feld und der Tanne hin und her und baute ihr Nest.
Einige Tage nach dem Gespräch mit der Amsel bemerkte Knorre eines Abends im Mondschein, wie ein Wildschwein aus dem Park auf den Weg trat, sich ihm näherte, seine rechte Körperseite am Stamm der Eiche scheuerte und dabei wohlig grunzte. Carolina und Süntel, die kurz vor dem Einschlafen waren, wurden dadurch wieder hellwach. Auch die Sträucher, die bereits eingeschlafen waren, wurden wieder wach. Hoppel schlief bereits tief unter den Zweigen der kleinen Tanne. Er bekam von dem Erscheinen des Wildschweins nichts mit. Büschel, der sich gerade zum Schlafen hingelegt hatte, erhob sich wieder von seinem Lager und lugte neugierig durch die Spalte nach unten.
„Was macht der denn da?", rief Süntel verwundert. „Das habe ich ja noch nie erlebt, dass ein Wildschwein aus dem Park bei uns auftaucht." Dann fügte er an das Schwein gerichtet hinzu: „Lass dich nur nicht erwischen, Grunzi, du weißt ja, dass du im Park nicht gern gesehen bist und auf dem Feld schon gar nicht."
„Geh bloß nicht auf das Feld und wühle mit deiner Schnauze die Saat um", riet Knorre dem Schwein. „Wenn du das tust, wird der Bauer wütend und erschießt dich."
„Der muss mich erst einmal sehen", grunzte das Schwein zurück, „dann muss er ein Gewehr bei sich haben und schließlich muss er mich auch treffen, wenn er schießt."
„Gar nicht so dumm, gar nicht so dumm", palaverten die Sträucher durcheinander, während das Wildschwein weiterhin seine rechte juckende Körperseite an Knorres Stamm scheuerte.
„Sprich deutlicher, sprich deutlicher", forderten die Sträucher, durcheinander redend, das Schwein auf, „du grunzt derart in dich hinein, dass man dich kaum verstehen kann."
„Das braucht ihr auch nicht", erwiderte das Schwein, „es reicht,

wenn ich verstehe, was ich sage." Dann betrat es das Feld und wühlte mit seiner Schnauze einige Stellen des Ackers auf.
„Schmeckt noch nicht", grunzte es enttäuscht, „ich verschwinde wieder. Bei euch bin ich sowieso nicht gern gesehen."
„Das stimmt nicht", sagte Carolina, „keiner von uns hat etwas gesagt, was du so auslegen könntest. Wir haben dir nur einen guten Rat gegeben."
„Mag sein", grunzte das Schwein zurück, „aber ich empfinde es so. Ich gehe wieder in den Wald auf den Berg zu meinen Kumpels. Ich wollte eh nur mal sehen, was hier so los ist. Aber nichts ist hier los, rein gar nichts. Hier ist es langweilig. Wie könnt ihr es hier nur aushalten?"
„Langweilig?", rief Süntel herüber. „Hast du eine Ahnung. Hier ist es sehr interessant, jedenfalls dann, wenn man die Augen und Ohren auf macht und sich für mehr interessiert als nur fürs Fressen und Schlafen."
„Willst du etwa damit sagen, dass ich mich nur dafür interessiere?", erwiderte das Schwein gereizt. „Das wäre eine Beleidigung."
„Süntel wollte dich doch nicht beleidigen", beschwichtigte Carolina.
„Aber er hat von Fressen gesprochen", antwortete das Wildschwein, „und allgemein sagt man, dass Schweine fressen. Ihr feinen Pinkels fresst ja nicht. Vor allem du da oben", rief es Büschel zu, der etwas grinsend aus Knorres Spalte nach unten blickte, „du frisst erst recht nicht, du knabberst oder mümmelst nur. Aber bilde dir bloß nichts darauf ein. Das sind nur etwas vornehmere Ausdrucksweisen für Fressen."
„Die Menschen sprechen manchmal von einem dummen Schwein", rief Büschel von oben herunter. „Vielleicht ist ja da was dran."
Knorre, Süntel und Carolina lachten laut und die Sträucher kreischten vor Vergnügen. Allerdings hatte Carolina auch etwas Mitleid mit dem Wildschwein. Deshalb sagte sie laut, dass alle es verstehen konnten:
„Nimm es nicht so ernst, Grunzi, was hier geredet wird. Süntel und Büschel meinen es nicht böse."
„Ihr könnt mich mal", grunzte das Schwein zurück und trottete über

das Feld in Richtung Berg. Nach einigen Metern drehte es sich um und rief: „Ihr eingebildeten Fatzken. Ihr glaubt wohl, etwas Besseres zu sein. Langweiler seid ihr. Und ihr Bäume und Sträucher könnt euch nicht mal bewegen." Dann tippelte es weiter über das große Feld, immer mal wieder mit der Schnauze in die Erde stochernd.
„Diesem Dickebast haben wir es aber gegeben", sagte Büschel ein bisschen stolz auf sich. „Der ist ein ungehobelter Zeitgenosse." Und so war wieder ein Tag vergangen.

Einige Wochen später kam eines schönen Morgens ein alter Mann mit einem braunen Hund auf dem Weg heran und setzte sich auf die Bank in die Sonne. Er hatte im vergangenen Sommer schon öfters dort gesessen und etwas nachdenklich zu den Bergen hinüber geblickt. Seinen Hund hatte er nicht angeleint gehabt. Auch an diesem Tage lief der Hund frei herum. Carolina, Knorre und Süntel beobachteten beide interessiert. Von dem alten Mann war nichts zu erfahren, da er allein war und sich deshalb nicht unterhalten konnte. Als der Hund einmal bellte, ohne dass ein Grund dafür ersichtlich war, erschrak Hoppel, der auf seinem Lager unter der kleinen Tanne lag. Fast wäre er weggerannt, wenn Carolina ihm nicht zugeflüstert hätte:
„Bleib liegen. Er kann dich nicht sehen, und unter meine dichten Zweige mit den spitzen Nadeln wird er nicht kriechen, selbst wenn er dich wittern sollte."
Hoppel befolgte den Rat der Tanne und kauerte sich zitternd so tief auf sein Lager wie das möglich war. Büschel, der an diesem Morgen etwas länger geschlafen hatte, lugte über den Spaltenrand, als er das Bellen hörte, und rief dem Hund zu:
„Mach nicht solch einen Krach am frühen Morgen."
Der Hund blickte zur Spalte hoch, richtete sich mit seinen Vorderpfoten an Knorres Stamm auf und bellte zu Büschel hinauf:
„Du kannst von Glück sagen, dass ich nicht zu dir hochkommen kann, sonst wäre es zumindest um deinen schönen Schwanz geschehen."
Büschel, dem etwas mulmig war, rief aus seiner sicheren Position zu dem Hund hinunter: „Selbst wenn du an Knorres Stamm hoch

könntest, würdest du mich nicht kriegen. Ich wäre in der Baumspitze, bevor du die Spalte erreicht hättest."
Der alte Mann, dem das Bellen seines Hundes auf die Nerven ging, schimpfte ärgerlich:
„Warum bellst du? Hör auf damit und halte endlich deine Schnauze."
Der Hund gehorchte, ging einige Meter aufs Feld und schnüffelte eine Zeit lang zwischen den Kornhalmen herum. Da das Korn auf dem Feld in den vergangenen Wochen schon bis auf etwa einen halben Meter gewachsen war, konnte Herrchen seinen Hund kaum noch sehen. Er pfiff deshalb nach ihm, rief den Namen des Hundes und befahl ihm zurückzukehren. Carolina, die den Mann und den Hund gespannt beobachtete, hatte den Eindruck, dass dem alten Mann beim Rufen das obere Teil seines Gebisses nach vorn gerutscht war. Jedenfalls fasste er sich unmittelbar danach an den Mund, als wollte er etwas halten, steckte dann den Daumen und Zeigefinger seiner rechten Hand in den Mund und schob darin anscheinend etwas zurecht. Die Sträucher, die das Verhalten des Mannes ebenfalls bemerkt hatten, amüsierten sich und riefen zu Carolina hinüber:
„Hast du das gesehen? Beinahe wäre ihm sein Gebiss aus dem Mund gefallen. Dann hätte er ein eingefallenes Gesicht bekommen und hätte noch älter ausgesehen als er ohnehin schon aussieht."
Der Hund gehorchte dem Befehl des Mannes, legte sich vor dessen Füße und liess sich anschließend von ihm im Fell kraulen. Nach einigen Minuten erhob sich der Hund wieder, ging zu Knorre, hob sein rechtes Hinterbein hoch und pinkelte gegen den Stamm der Eiche.
„So etwas tut man nicht!", rief Carolina empört dem Hund zu. „Das habe ich dir schon einmal gesagt." Sie hatte sich bereits im vergangenen Sommer über ein solches Verhalten des Hundes geärgert. „Es ist ungehörig, Knorre anzupinkeln."
Knorre lachte dröhnend. Er nahm die Angelegenheit offensichtlich nicht ernst. Süntel amüsierte sich und schmunzelte. Die Sträucher kicherten durcheinander und Büschel wäre vor Lachen beinahe über den Spaltenrand vor die Füße des Hundes gefallen. Selbst Hoppel, der immer noch zitterte, vergaß für einen Augenblick seine Angst und konnte sich ein leises Lachen nicht verkneifen. Die

Amsel saß im Nest und brütete auf ihren Eiern. Sie kümmerte sich deshalb nicht darum, was draußen vor sich ging.
„Was soll ich denn machen?“, bellte der Hund zurück. „Ich brauche zum Pinkeln nun mal einen Baum, einen Pfahl oder überhaupt etwas, wogegen ich pinkeln kann.“
„Wenn du dazu einen Pfahl oder eine Mauer benutzt, ist mir das egal. Aber Knorres Stamm anzupinkeln, ist beleidigend. Nimm doch dein eigenes Hinterbein, wenn du unbedingt etwas anpinkeln musst“, entgegnete Carolina spitzbübisch. „Du kannst ja wechseln. Mal pinkelst du gegen dein linkes Bein und beim nächsten Mal, wenn das linke wieder trocken ist, gegen das rechte.“
Knorres Lachen wurde noch dröhnender. Die Sträucher kreischten vor Vergnügen. Süntel lachte so laut, dass seine Äste noch kringeliger wurden als sie es ohnehin schon waren und Büschel flitzte amüsiert in Knorres Spitze. Nur Hoppel, der gern unter den Zweigen der kleinen Tanne hervorgelugt hätte, blieb aus Angst geduckt auf seinem Lager liegen und schmunzelte in sich hinein.
„Deinen Vorschlag hättest du dir sparen können“, bellte der Hund ärgerlich zurück. „Du glaubst doch nicht im Ernst, dass ich meine eigenen Beine anpinkele. Das würde ich selbst dann nicht tun, wenn weit und breit kein Baum oder Pfahl zu sehen wäre. Ich hätte nicht von dir gedacht, Caro, dass du mir so etwas empfehlen würdest.“ Der Hund war über das Lachen der Bäume und Sträucher wütend. Aber er konnte dagegen nichts machen.
„Ich heiße nicht Caro“, rief die kleine Tanne etwas gereizt dem Hund zu. „Du weißt doch, dass ich Carolina heiße. Letztes Jahr hast du mich Lina genannt und ich habe dir damals schon gesagt, dass ich das nicht möchte.“
„Schon gut“, bellte der Hund beruhigend und etwas kleinlaut zurück, „es soll nicht wieder vorkommen.“
„Wenn du nicht gleich mit dem Bellen aufhörst, kommst du an die Leine und wir gehen nach Hause“, sagte der alte Mann ärgerlich zu seinem Hund. Er konnte nicht wissen, dass sich der Hund mit Carolina unterhielt und er deshalb bellte. Der Hund stellte daraufhin sein Bellen ein, legte sich wieder vor die Füße des Mannes und lies sich wohlig knurrend das Fell kraulen. Nach einigen Minuten

der Stille näherte sich eine Frau mit einem angeleinten Boxerhund auf dem Weg. Als der Hund des alten Mannes den Boxer bemerkte, wurde sein Knurren gefährlich laut. Sein Herrchen war inzwischen ebenfalls auf die Frau mit dem Boxer aufmerksam geworden. Er leinte seinen Hund an, der den Boxer jetzt bellend empfing. Die Frau wich mit dem Boxer, der den Hund des Mannes nur erstaunt anblickte, vom Weg auf die kleine Rasenfläche um Knorres Stamm aus und hielt ihn ganz kurz an der Leine. Der alte Mann hatte Mühe, seinen bellenden Mischling zurückzuhalten, der sich auf den Boxer stürzen wollte. Er schimpfte seinen Hund aus und riss ihn an der Leine wiederholt zurück. Dann waren die Frau und der Boxer, der keinen Laut von sich gegeben hatte, vorbei und es kehrte wieder Ruhe ein.

„Kannst du mir sagen, warum du den Boxer so aggressiv angebellt hast?“, fragte Carolina den Hund des alten Mannes. „Der Boxer hat dir doch nichts getan. Er hat dich nicht einmal angeknurrt.“

„Aber er hat mich grimmig angeschaut“, bellte der Hund zurück. „Das mag ich nicht.“

„Boxer gucken nun mal so“, erwiderte Carolina, „deshalb brauchst du ihn doch nicht wie wild anzukläffen. Stell dir mal vor, auch Menschen würden einander anfeinden, wenn sie meinten, dass der andere ein mürrisches Gesicht macht. Hunde und Menschen haben nun mal einen unterschiedlichen Gesichtsausdruck.“

„Ich weiß“, knurrte der Hund etwas zerknirscht zurück. „Unfreundlich dreinblickende Hunde mag ich aber trotzdem nicht. Ich werde mir auch in Zukunft nicht gefallen lassen, dass mich ein Artgenosse mürrisch anblickt, auch von einem Boxer nicht, obwohl ich weiß, dass der von Natur aus einen unfreundlichen Gesichtsausdruck hat und nichts dafür kann. Dann soll er eben weggucken, wenn er mich sieht.“

„Da hast du aber eine komische Einstellung. Hoffentlich gerätst du nicht mal an einen, der stärker ist als du und der sich deine unfreundliche Kläfferei nicht gefallen lässt.“

„Bisher sind mir alle ausgewichen, die ich angebellt habe“, entgegnete der Hund und hob in Imponiergehabe seinen Kopf. „So einfach ist es nicht, mich zu beißen. Glaub nur nicht, dass ich mir das gefal-

len lassen würde."
„Ich wünsche dir, dass du mal so richtig von einem Artgenossen gebissen wirst, du Großmaul", rief Knorre dem Hund zu. Seiner Stimme war zu entnehmen, dass er sich über das Verhalten des Hundes geärgert hatte. „Wenn du gebissen wirst, brauchst du ja nicht gleich tagelang krank zu sein; aber einige blaue Flecken auf deiner Haut solltest du schon davontragen, damit du ein anständiges Benehmen lernst."
„Das wünschen wir dir auch", riefen die Sträucher aufgeregt durcheinander, „das wünschen wir dir auch."
Der alte Mann erhob sich von der Bank, gab seinem Hund durch ein kurzes Ziehen an der Leine die Richtung an und entfernte sich auf dem Weg.
„Der Mann ist ja ganz freundlich", bemerkte Süntel, „aber sein Hund ist schon ein komisches Sonderexemplar. Ich glaube nicht, Carolina, dass er auf dich hört. Er gehört zu den Wesen, die sich nicht belehren lassen wollen. Sie beharren auf ihrem Standpunkt auch dann, wenn sie insgeheim dem anderen Recht geben. Unter den Menschen gibt es leider auch solche Typen."
„So ist es, so ist es", stimmten die Sträucher lauthals zu. „Es ist gut, dass der Köter nicht jeden Tag hier auftaucht."
An diesem Tag ereignete sich nichts Besonderes mehr. Mit der Zeit wurden die Tage immer länger und die Nächte kürzer. So verging ein Tag nach dem anderen. Und wenn die Sonne schien, war es schon richtig mollig warm an der Südseite des Parks. Knorre, Süntel und die Sträucher waren dabei, sich allmählich ein prächtiges grünes Blätterkleid anzulegen, und bei Carolina wurden hellgrüne frische Nadeln sichtbar, die aus den Spitzen der alten dunkelgrünen Zweige herauswuchsen. Alle waren zufrieden und zeigten voller Stolz ihr neues schönes Aussehen. Dann kam die Zeit, in der der Kuckuck rief und die Lerche über dem Boden flatterte als stehe sie in der Luft und laut zwitschernd auf ihre Flugkünste aufmerksam machte. Und es war die Zeit, in der die Kastanienbäume im Park ihre weißen und roten Blüten zeigten, die wie Tannenbäumchen aussahen, und das satte Grün der Kornfelder von großen und kleinen Flächen blühenden Rapses unterbrochen wurde. Aus der Ferne sah es aus, als seien

leuchtend gelbe Teppiche bis an den Rand des Waldes auf dem Berg und bis zur kleinen Stadt zwischen den Kornfeldern ausgebreitet worden. Es war ein wunderschönes farbenfrohes Bild, das sich besonders bei Sonnenschein der kleinen Tanne, Knorre, Süntel, den Sträuchern, Büschel und auch der Amsel und Hoppel bot, wenn sich diese beiden nicht gerade in der Tanne beziehungsweise unter der Tanne aufhielten.
Eines Nachts, als der Mond hell am Himmel stand, wurde Carolina durch ein fauchendes Geräusch geweckt. Sie konnte sich zunächst nicht erklären, wer das Fauchen verursachte. Dann aber vermutete sie, dass es von Stachel, dem Igel, kommen könnte. Sie fragte deshalb leise in Richtung des Geräuschs: „Stachel, bist du es?" Sie wollte die anderen nicht wecken, insbesondere Hoppel und die Amsel nicht. Knorre und Süntel schliefen schon fest, was deutlich an ihrem Schnarchen zu hören war. Knorre schnarchte so laut, dass dadurch seine dicken, alten Äste knarrten, und bei Süntel wurden die Äste durch das Schnarchen noch kringeliger als sie es ohnehin schon waren.
„Ja, ich bin es", antworte Stachel leise. „Aber warum schläfst du denn noch nicht, Carolina?"
„Ich habe ja geschlafen, doch nicht so tief. Dann wurde ich durch dein Fauchen wach", flüsterte Carolina zurück.
„Tut mir leid", antwortete Stachel mit leiser Stimme. „Aber ich hatte Hunger. Nach meinem langen Winterschlaf muss ich mir erst wieder Speck anfuttern. Insekten finde ich zurzeit kaum. Einige Schnecken und Würmer habe ich jedoch schon vertilgt. Möglich, dass mir auch noch eine Maus über den Weg läuft. Dann hätte ich für diese Nacht ausgesorgt."
„Nur über den Weg laufen würde dir aber nicht viel nützen. Du musst sie auch schnappen", flüsterte Carolina.
„Das habe ich mit meinen Worten ja gemeint", fauchte Stachel etwas irritiert leise zurück. „Meine Güte, muss man bei dir aufpassen. Du legst ja jedes Wort auf die Goldwaage."
„Ich wollte nicht dein Oberlehrer sein, Stachel", flüsterte Carolina, „ich wünsche dir viel Glück. Vielleicht fängst du ja eine Maus. Du solltest jedoch im Park weitersuchen, damit Hoppel und die Amsel

nicht gestört werden. Knorre und Süntel schlafen so tief, dass sie dich nicht hören und du auf die beiden keine Rücksicht zu nehmen brauchst."

„Mache ich", antwortete Stachel leise fauchend. „Mach's gut, und grüße Hoppel und Büschel von mir. Ich komme mal wieder vorbei, vielleicht an einem Abend, wenn beide noch wach sind. Es bleibt ja jetzt schon lange hell."

Dann entfernte sich der Igel auf seinen kurzen Beinen in Richtung Park, dabei immer wieder leise fauchend mit seiner Rüsselschnauze im Boden nach leckeren Würmern stochernd. Carolina schlief wieder ein, und so ging auch diese Nacht bald vorbei.

Einige Tage später an einem schönen Sonntagmorgen erschienen das Mädchen Carolina, sein Vater und seine Mutter auf dem Weg zwischen der kleinen Tanne und Knorre. Die Mutter schob einen Kinderwagen. Die drei setzten sich auf die Bank, wobei das Mädchen seine Beine zwischen Sitzfläche und Rückenlehne ausstreckte und dann baumeln lies. Seine Arme legte es auf das oberste Brett der Rückenlehne. In dieser Position konnte das Mädchen die kleine Tanne gut beobachten. Es sah, wie die Amsel zwischen den Tannenzweigen hervorkam, danach weg flog, nach einiger Zeit zurückkehrte und sodann wieder zwischen den Tannenzweigen verschwand. Das Mädchen erzählte den Eltern von seinen Beobachtungen und wollte wissen, was der Vogel hinter den Zweigen macht.

„Wahrscheinlich hat er dort ein Nest und brütet Eier aus", antwortete die Mutter auf die Frage des Mädchens, das daraufhin den Wunsch äußerte, nach dem Nest zu sehen. Seine Eltern erklärten jedoch, dass der Vogel beim Brüten nicht gestört werden dürfe, da sonst die Gefahr bestehe, dass er das Nest und die Eier aufgebe. Die kleine Tanne amüsierte sich über die drei auf der Bank und war froh, dass das Mädchen nicht weiter darauf drängte, das Nest der Amsel sehen zu dürfen. Gern hätte sie mal in den Kinderwagen geblickt. Aber das konnte sie nicht, weil er auf dem Weg stand und zu weit von ihr entfernt war.

Inzwischen war Büschel, der in Knorres Spalte etwas gedöst hatte, auf die Menschen aufmerksam geworden. Er blickte über den

Spaltenrand und flitzte dann nach unten auf den Weg, wo er einen Augenblick sitzen blieb. Hier wurde er von den Eltern des Mädchens entdeckt.

„Sieh mal, ein Eichhörnchen“, flüsterten die Eltern ihrer Tochter zu, die sich daraufhin so auf die Bank setzte wie ihre Eltern saßen. Die drei verhielten sich ganz ruhig und beobachteten Büschel, der keine Angst hatte und sich noch ein bisschen den dreien auf der Bank näherte. Als sich das Mädchen jedoch bückte und seine rechte Hand vorstreckte, als wollte es dem Eichhörnchen etwas zum Naschen geben, zog es Büschel vor, im Park zu verschwinden. So viel Vertrauen zu den Menschen, dass er sich von ihnen füttern oder gar streicheln lies, hatte er denn doch nicht. Hoppel bekam von alledem nichts mit. Er strolchte irgendwo im Park herum. Als aus dem Kinderwagen erst ein leises, unterbrochenes, dann ein lauter werdendes Weinen ertönte, drängte Carolinas Mutter zum Aufbruch.

„Die Kleine wird gleich wieder ruhig, wenn der Kinderwagen geschoben und dabei etwas gerüttelt wird“, meinte die Mutter. Die drei erhoben sich von der Bank und gingen auf dem Weg in Richtung zur Tanne, die das Mädchen und sein Vater erst vor einigen Monaten gepflanzt hatten.

„Bist wohl traurig, dass du nicht gesehen hast, wer im Kinderwagen liegt“, knurrte Knorre zur kleinen Tanne hinüber und fügte dann etwas tröstend hinzu: „Warte ab, die kommen bald wieder. Dann wird Carolinas Schwester nicht mehr im Kinderwagen sein, sondern in einer Karre sitzen oder gar schon herumlaufen.“

„Ganz recht, ganz recht. Dann wirst du die Schwester sehen“, riefen die Sträucher durcheinander und meinten, die kleine Tanne ebenfalls trösten zu müssen.

„Ich bin nicht traurig“, erklärte Carolina, „obwohl ich sehr gern gesehen hätte, wie das Mädchen im Kinderwagen aussieht. Aber eines Tages werde ich es schon zu sehen bekommen.“ Dann räkelte sich die kleine Tanne in der Sonne und machte anschließend ein Nickerchen. Auch Knorre, Süntel und die Sträucher genossen die Wärme und streckten ihre Zweige und Blätter der Sonne entgegen.

An diesem Sonntag spazierten zwar noch zahlreiche weitere

Menschen auf dem Weg in beide Richtungen, aber keiner von ihnen setzte sich auf die Bank. Erst am Abend, als die Sonne langsam hinter dem Berg verschwand, an dem die kleine Stadt lag, näherten sich Händchen haltend ein Mann und eine Frau, nahmen auf der Bank Platz und küssten sich. Knorre, Süntel und Carolina wurden hellwach und waren gespannt, was die beiden sagen und machen würden. Die Sträucher kicherten und flüsterten neugierig durcheinander:

„Was das wohl wird. Was das wohl wird."

Knorre, der die beiden auf der Bank von vorn sehen konnte, brummte:

„Ich glaube nicht, dass die verheiratet sind."

„Warum glaubst du das denn nicht?", fragte Carolina leise, als wollte sie das Paar nicht stören.

„Ich habe so meine Erfahrungen", erwiderte Knorre. „Schon seit vielen Jahren beobachte ich Pärchen, die auf der Bank sitzen. Aber ich habe nach meiner Erinnerung nie gesehen, dass sich ältere Ehepaare bei dieser Gelegenheit küssten. Das tun sie allenfalls zu Hause, wenn sie es denn überhaupt noch tun. Sie halten auch nicht wie die beiden da unten dauernd Handchen, wenn sie auf einer Bank sitzen, jedenfalls die meisten nicht."

„Woran hast du denn bei den anderen Pärchen gemerkt, dass es sich um Ehepaare handelte?", fragte Carolina etwas spitzbübisch.

„Na ja", erwiderte Knorre nach einigem Zögern, „wenn ältere Paare zum Beispiel über ihre Kinder, Enkelkinder oder ganz allgemein über Verwandte sprechen, kann man ja wohl annehmen, dass sie verheiratet sind. Jedenfalls wird das in den meisten Fällen so sein. Kann auch sein, dass sie mal verheiratet waren und geschieden wurden. Aber solche Fälle sind sicher ganz selten. Welcher Mann oder welche Frau setzt sich schon mit dem früheren Ehepartner auf eine Parkbank. Die beiden da unten haben bisher wenig geredet und sind fast nur am Knutschen."

„Sehr richtig, sehr richtig", schwatzten die Sträucher kichernd durcheinander.

„Ja, das leuchtet ein", erklärte Carolina und versuchte sich etwas zur Seite zu beugen, um das Paar auf der Bank besser beobachten zu

können. Aber sie konnte die beiden nur von hinten und etwas von der Seite sehen.
„Wie alt schätzt du die beiden denn?", fragte Süntel die Eiche und ergänzte, er könne sie leider nur schräg von hinten sehen.
„Ich sehe sie auch nur von hinten und etwas von der Seite", flüsterte Carolina.
„Ich meine, dass sie etwa 50 Jahre alt sind, die Frau wohl etwas jünger", antwortete Knorre. „Die Frau ist rank und schlank. Sie hat jedoch schon einige Falten im Gesicht. Möglicherweise kommen die vom Rauchen. Als beide kamen, rauchte sie nämlich und jetzt steckt sie sich schon wieder einen Glimmstängel an. Der Mann hat ein rundes Gesicht und kaum Falten. Menschen mit einem runden Gesicht haben meistens weniger Falten als die mit einem schmalen Gesicht. Aber er hat einen ziemlich dicken Bauch. Wahrscheinlich hat er in der Vergangenheit zu viele Kartoffeln gefuttert."
„Oder zu viel Bier getrunken, zu viel Bier getrunken. Davon bekommt man nämlich auch einen dicken Bauch", amüsierten sich die Sträucher. „So wird es wohl sein, so wird es wohl sein."
„Die beiden sind wahrscheinlich Kurgäste", mutmaßte Süntel und fügte nach einiger Zeit hinzu: „Hoffentlich hat sich der Dickbauch nach dem Abendessen die Zähne geputzt."
„Und hoffentlich hat er keinen Mundgeruch, sonst muss die Frau beim Küssen die Luft anhalten, Luft anhalten", kicherten die Sträucher durcheinander.
Knorre lachte schallend und Süntel ergänzte, als habe er Erfahrung auf diesem Gebiet:
„Wenn einer Mundgeruch hat, macht das Küssen keinen Spaß. Im Übrigen kann aber auch die Frau Mundgeruch haben bei ihrer Raucherei. Dann würden beide nichts davon merken."
„Der Tabakgeruch wird zusammen mit dem Geruch möglicher Essensreste zwischen den Zähnen eine besonders nasenunfreundliche Geruchsmischung ergeben", brummte Knorre amüsiert und ironisch. „Aber wenn beide in Hitze sind, werden sie Gerüche kaum wahrnehmen."
„Recht hat er, Recht hat er", riefen die Sträucher durcheinander und bogen sich vor Lachen.

„Was bedeutet denn ‚in Hitze sind'?", fragte Carolina neugierig.
„Na ja, wenn sie sich lieben", antwortete Knorre etwas zögerlich.
„Ich verstehe nicht, warum ihr euch über die beiden lustig macht?", bemerkte Carolina etwas enttäuscht. „Wenn sie sich mögen, sollen sie sich doch küssen. An Mundgeruch stört sich dann keiner. Das meine ich jedenfalls."
„Bei deinen Erfahrungen musst du es ja wissen", sagte Süntel ironisch.
Die kleine Tanne hätte das Paar allzu gern mal von vorn gesehen. Aber sie konnte ihren Standort nicht verändern. Auch Knorre, Süntel und die Sträucher konnten das nicht.
Nach einer Weile schwärmte der Mann der Frau vor, wie schön der Blick von der Bank aus über das Land sei, wie gut das Korn stehe und wie glücklich er in den vergangenen Tagen gewesen sei.
„Na, na, na", knurrte Knorre grinsend. „Wenn der verheiratet sein sollte, dürfte das seine Frau aber nicht hören." Und nach kurzer Pause fügte er hinzu: „Der knutscht ja schon wieder. Das dürfte seine Frau schon gar nicht sehen."
Nach kurzem Schweigen äußerte die Frau, es sei Zeit zu gehen. Sie wolle in ihrem Heim keinen Ärger haben. Um 22:30 Uhr müssten alle Kurgäste im Haus sein.
„Na also", rief Süntel seinen Nachbarn zu und in seiner Stimme klang ein bisschen Stolz, „ich habe richtig vermutet. Es sind Kurgäste."
Das Paar erhob sich von der Bank und ging langsam auf dem Weg in die Richtung, aus der es gekommen war. Dabei hatte sich die Frau bei dem Mann eingehakt. Während sich beide entfernten, stieß Carolina einen tiefen Seufzer aus.
„Was hast du denn? Was hast du denn?", fragten die Sträucher besorgt durcheinander.
„Ach, ich würde mich so gerne mal wie die Menschen bewegen können. Und wenn es nur für einen Tag wäre und nur bis zur kleinen Stadt am Berg. Ich könnte dann sehen, was die Menschen so alles machen, und hören, was sie untereinander reden, und überhaupt, wie sie sich einander gegenüber verhalten."
„Du wirst dich daran gewöhnen müssen, dass du das nicht kannst", rief Süntel herüber. „Knorre und ich stehen schon sehr, sehr lange

hier. Wir haben uns inzwischen damit abgefunden, dass wir unseren Standort nicht verändern können. Sei froh, dass du dich mit uns unterhalten kannst und wenigstens hin und wieder die Möglichkeit hast, Menschen zu beobachten und zu belauschen."
„Im Übrigen", warf Knorre ein, „ist es nicht nur Gutes, was die Menschen tun. Insbesondere was sie öffentlich oder im kleinen Kreis miteinander reden, ist oftmals abscheulich. Sie sprechen häufig über Dinge, von denen sie keine Ahnung haben, und erlauben sich Urteile, wie dieses oder jenes besser gemacht werden könnte. Viele glauben von sich, fast alles besser zu wissen. Nicht gerade selten hört man aus ihren Äußerungen Unzufriedenheit, Neid, Missgunst, Habgier oder gar Hass heraus. Du würdest in deiner jugendlichen Unbekümmertheit enttäuscht sein, wenn du einige von ihnen erleben würdest. Ich habe in den vielen Jahren, die ich hier nun schon stehe, häufig Schlechtes von Menschen gehört, die auf der Bank saßen oder um meinen Stamm herum standen oder saßen und sich unterhielten. Aber fairerweise muss ich sagen, dass ich aus Äußerungen von Menschen auch viel Mitleid, Fürsorge und Hilfsbereitschaft herausgehört habe. Gott sei Dank gibt es auch viele gute Menschen. Die meisten sind in Ordnung."
„Ich kann das bestätigen", bemerkte Süntel. „Auch ich habe im Laufe der Jahre meine Erfahrungen gemacht. Du, Carolina, wirst in deinem Leben noch Gutes und Schlechtes von den Menschen hören. Im Augenblick glaubst du nur an das Gute im Menschen und hast selbst für unangenehme Typen Verständnis, jedenfalls ist das mein Eindruck."
„Ich glaube euch ja", äußerte Carolina nachdenklich und fügte nach einer Weile hinzu: „Heute wird sich wohl keiner mehr auf die Bank setzen und uns unterhalten. Ich werde jetzt versuchen, einzuschlafen."
„Ich auch", knurrte Knorre.
„Gute Nacht", rief Süntel seinen Nachbarn zu.
„Schlaft gut, schlaft gut", flüsterten die Sträucher durcheinander und neigten müde ihre Spitzen. Bald hörte die kleine Tanne Knorres und Süntels Schnarchen. Die Sträucher schliefen wie immer lautlos. Carolina konnte jedoch nicht so recht einschlafen. Sie musste

über das nachdenken, was Knorre und Süntel gesagt hatten. Auch ging ihr durch den Kopf, was sie von dem Paar auf der Bank gehört und gesehen hatte. Büschel hatte sie an diesem Abend noch nicht bemerkt. Carolina nahm an, dass er noch im Park herumstrolchte. Hoppel war nicht auf seinem Lager. Wo er war, wusste sie nicht. Ein bisschen machte sie sich um ihn Sorgen, weil sie ihn schon seit einigen Stunden nicht mehr gesehen hatte. Die Amsel saß auf ihrem Nest und hatte kein Interesse gezeigt, sich an den vorausgegangenen Gesprächen zu beteiligen. Als sich Carolina gerade so zwischen Wachen und Einschlafen befand, hörte sie plötzlich ein Rascheln vor sich. Sie wurde wieder hellwach und bemerkte Hoppel, der sein Lager unter ihren Zweigen aufsuchen wollte.
„Wo kommst du denn jetzt noch her?", fragte sie erstaunt mit leiser Stimme. „Ich habe mir schon Sorgen um dich gemacht."
„Das brauchst du nicht", antwortete Hoppel, „ich komme von meinen Jungen, die ich gesäugt habe."
„Was?", fragte Carolina völlig überrascht. „Du hast Junge? Davon habe ich ja noch nichts bemerkt. Wo sind die denn?" Carolina war völlig aus dem Häuschen.
„Die vier sitzen auf dem Feld in einer Kuhle", antwortete Hoppel amüsiert.
„In einer Kuhle auf dem Feld? Warum denn da? Dort verhungern sie doch. Warum sind sie nicht auf deinem Lager?", fragte Carolina ungläubig.
„Keine Angst, Carolina. Ich hoppele jeden Abend, wenn es fast dunkel ist, zu ihnen und lasse sie saugen. Das machen alle Hasen so", beruhigte Hoppel die kleine Tanne. „Auf dem Feld in der Kuhle sind sie sicherer als anderswo. Wir Hasen müssen vorsichtig sein, weil wir für viele Tiere eine willkommene Beute sind, insbesondere die Jungen." Dann reimte er lachend: „Hunde, Katzen, Marder, Füchse, Uhus, Krähen, Raben, Luchse, Habicht, Elstern nicht vergessen, alle woll'n die Jungen fressen."
Carolina war ganz erstaunt über die Begabung des Hasen.
„Du kannst ja dichten", flüsterte sie Hoppel zu.
„Dichten ist zu viel gesagt", antwortete Hoppel bescheiden. „Nur weil ich einen kurzen Reim zustanden bekommen habe, bin ich

noch lange kein Dichter."
„Aber immerhin, ich glaube, ich könnte das nicht", bemerkte Carolina. Dann kam Hoppel auf seine Jungen zurück und erklärte: „Weißt du, unsere Jungen können sich in einer Kuhle gut verstekken und warten dort geduldig, bis die Häsin zum Füttern kommt. Etwa dreißig Tage werden sie gesäugt. Dann sind sie fast erwachsen und können sich von Wildpflanzen, wie zum Beispiel Löwenzahn, Schafgabe, Buchweizen oder Gänseblümchen, selbst ernähren. Da staunst du, was?" Carolina hörte fasziniert zu und wunderte sich, dass sie von Hoppels abendlichen Besuchen seiner Jungen vorher nichts bemerkt hatte.
„Doch unsere größten Feinde sind nicht andere Tiere", fuhr Hoppel fort, „sondern die Menschen. Sie jagen uns im Winter bis Mitte Januar. In dieser Zeit müssen wir vor ihnen auf der Hut sein. Ich glaube, sie tun das nur aus Spaß am Schiessen." Nach einiger Zeit fügte er nachdenklich hinzu: „In den Wochen der Jagd müssen viele Hoppler ihr Leben lassen." Und dann ergänzte er triumphierend: „Aber ausrotten werden sie uns nicht. Dafür sind wir viel zu fruchtbar. Ich habe übrigens in diesem Jahr schon einmal Junge zur Welt gebracht. Drei waren es. Nach nur sechs Wochen Tragezeit waren sie da."
„Und wo sind sie jetzt?", fragte Carolina etwas besorgt.
„Weiß ich nicht", antwortete Hoppel kichernd. „Ich habe sie etwa einen Monat lang gesäugt, dann waren sie plötzlich weg. Vielleicht bekomme ich in einigen Monaten noch einmal Junge. Ja, Carolina, so ist das bei uns Hasen. Jetzt bin ich aber müde. Das Säugen strengt doch ganz schön an. Mach's gut. Bis morgen."
Hoppel kroch unter Carolinas Zweige und die kleine Tanne war von dem Gehörten so aufgeregt, dass sie zunächst nicht einschlafen konnte. Allmählich wurde die Müdigkeit aber so groß, dass sie in einen tiefen Schlaf versank.
Die folgenden Tage waren sehr warm und es wehte kaum Wind. Die Amsel und ihre Jungen hatten inzwischen ihr Nest verlassen und flogen im Park umher, die Jungen jedoch noch etwas unsicher. Nur hin und wieder kam die alte Amsel zur kleinen Tanne zurück und zwitscherte jedes Mal laut, dass es ihren drei Jungen gut gehe und

sie inzwischen selbstständig seien. Carolina freute sich sehr darüber. Waren sie doch in einem Nest in ihren Zweigen zur Welt gekommen. Auch die Sträucher zeigten sich erfreut und riefen begeistert durcheinander:
„Das ist ja toll, das ist ja prima." Nur Knorre und Süntel hörten jeweils gelassen zu und taten etwas uninteressiert. Eines Abends, als die Amsel mal wieder von der Spitze der kleinen Tanne aus stolz von ihren Jungen erzählte, machte Knorre eine Bemerkung, aus der etwas Ärger klang. Büschel strolchte an diesem Abend wie üblich in den Bäumen des Parks umher, und Hoppel war auf dem großen Feld zwischen den Kornhalmen, um seine Jungen zu säugen.
„Hoffentlich ist es bald vorbei mit eurer Zwitscherei", knurrte Knorre, „dann kann ich endlich mal wieder ausschlafen. Schon vor dem Sonnenaufgang trillert ihr in meinen Ästen und im Park herum, ohne Rücksicht auf andere Tiere und auf uns. Es ist kaum auszuhalten. Die Menschen stört ihr auch. Ihr glaubt wohl, ihr seid allein auf der Welt und braucht keine Rücksicht auf andere zu nehmen."
„So ist es", unterstützte Süntel die Eiche.
„Wartet ab, nur noch etwa zwei Wochen, dann ist Mitte Juli, danach wird es morgens still sein", versuchte die Amsel die alten Bäume zu beschwichtigen.
„Aber nur für einige Monate. Im März meldet ihr Störenfriede euch schon wieder", brummte Knorre verdrießlich. „Die Drossel fängt bereits im Februar lauthals an zu schlagen, jedenfalls am Tage."
„Knorre hat Recht", rief Süntel herüber. „Ihr könnt von mir aus tagsüber euer Konzert geben so laut ihr wollt. Aber so früh wie ihr anfangt, das mag ich auch nicht."
„Ich weiß gar nicht, was ihr gegen den frühen Gesang der Vögel habt", bemerkte Carolina etwas vorsichtig, um Knorre und Süntel nicht zu reizen. „Ich finde es schön, wenn die Vögel mit ihrem Gezwitscher, Gehämmer, Geflöte und Getriller den Frühling und einen neuen Tag ankündigen. Im Übrigen sind sie still, wenn die Sonne aufgeht. Dann könnt ihr ja weiterschlafen. Mich stört der Gesang früh morgens jedenfalls nicht."

„Du hast für alle Unarten Verständnis“, rief Süntel etwas ärgerlich der kleinen Tanne zu.
„Uns stört es auch nicht“, unterstützten die Sträucher die Tanne, „nein, uns stört es auch nicht.“
„Auch ihr habt für vieles ein offenes Ohr“, knurrte Knorre. „Es ist doch ganz klar, dass das frühe Vogelkonzert auf die Nerven geht, wenn man noch schlafen will. Schon vor dem Hellwerden geht das Gezwitscher und Getriller los. Und wenn sie dann endlich ihren Schnabel halten, kann ich nicht wieder einschlafen.“
„Ich glaube, es ist besser, wenn ich jetzt verschwinde, sonst gibt es noch Streit zwischen euch. Und das möchte ich nicht“, zwitscherte die Amsel. Sie erhob sich von der Spitze der kleinen Tanne, flog auf Knorre zu, kleckerte weichen Kot gegen seinen Stamm, umrundete zweimal die Eiche und zwitscherte dabei Carolina zu: „Spätestens im Frühjahr bin ich wieder hier. Dann werde ich ein neues Nest in deinen Zweigen bauen und wieder Junge ausbrüten. Ich habe mich bei dir sehr sicher gefühlt, Carolina. Danke für deine Gastfreundschaft.“ Dann flog die Amsel in Richtung Park davon.
„Du Lümmel“, schimpfte Knorre hinter der Amsel her, „du hast mich absichtlich bekleckert.“ Und obwohl er wusste, dass er es nicht verhindern konnte, fügte er noch laut hinzu: „Setze dich bloß nicht noch einmal auf einen Ast von mir. Ich will dich bei mir nicht mehr sehen.“ Die Amsel hörte das Geschimpfe der Eiche nicht mehr. Sie war schon zwischen den Bäumen im Park verschwunden. Aber Knorre meinte seine Äußerungen auch nicht so ganz ernst. Das sagte er jedoch zunächst nicht. Carolina fragte deshalb etwas besorgt: „Hast du das wirklich ernst gemeint, Knorre?“
Erst nach einigem Zögern brummte jener zurück:
„Na ja, nicht so ganz. Aber dass dieser Galgenvogel mich zum Schluss noch bekleckert hat, ist eine Unverschämtheit. Da musst du mir doch Recht geben.“
„Ja, das tue ich auch“, räumte Carolina kleinlaut ein, amüsierte sich aber insgeheim über das kecke Verhalten der Amsel. An den folgenden Tagen wurde es wärmer und wärmer und es wurde schwül. Seit etwa drei Wochen hatte es nicht mehr geregnet, und Carolina hatte großen Durst.

„Wenn es doch bloß bald regnen würde", klagte sie gegenüber ihren Nachbarn. „Ich vertrockne fast."
„Mit der Hitze habe ich keine Probleme", reagierte Knorre auf Carolinas Worte. „Meine Wurzeln ragen so tief in die Erde, dass ich selbst bei langer Trockenheit noch genügend Feuchtigkeit finde. Aber ich gebe dir Recht, es könnte mal wieder regnen."
„Ich habe auch noch genügend Feuchtigkeit", erklärte Süntel und gähnte dabei. „Die Hitze macht mir jedoch trotzdem zu schaffen. Ich fühle mich ziemlich schlapp. Eine Abkühlung täte uns allen gut." Nach einiger Zeit fügte er hinzu: „Ich glaube, dass es spätestens morgen ein Gewitter geben wird. Wollen wir wetten?"
„Wir wetten nicht, wir wetten nicht", riefen die Sträucher durcheinander, „aber hoffentlich trifft deine Vermutung zu. Die Hitze ist unerträglich, unerträglich."
Süntel sollte Recht bekommen. Am nächsten Tag, und zwar am späten Nachmittag, bekam die Sonne eine blasse Färbung. Hinter dem Berg, an dem die kleine Stadt lag, wurde es zunächst dunstig und dann immer dunkler. Es bildeten sich dicke Wolken, die sich allmählich hoch auftürmten und langsam näher kamen, obwohl es windstill war. Es wurde unerträglich schwül und die Tiere und Bäume im Park waren wie gelähmt. Hoppel kam aus dem großen Kornfeld und blickte ängstlich zu den dunkler und dunkler werdenden Wolken über der kleinen Stadt hinüber.
„Ich werde vorsichtshalber mein Lager aufsuchen", sagte er mit leicht zitternder Stimme zu Carolina, „im Weizenfeld fühle ich mich bei einem Gewitter nicht ganz wohl."
„Das möchte ich dir auch raten", bemerkte Knorre etwas ironisch, „unter Carolinas Zweigen bist du sicher, es sei denn, sie wird von einem Blitz getroffen."
„Ha, ha, ha, da muss ich aber lachen silberhell", amüsierte sich Süntel, „du weißt doch, dass Eichen eher Blitze anziehen als Tannen. Du hast diese Erfahrungen doch schon vor einigen Jahren gemacht."
„Ich weiß, ich weiß", erwiderte Knorre. „So ganz wohl ist mir ja auch nicht. Die dunklen Wolken verheißen nichts Gutes. Ihr steht nicht ganz so frei wie ich. Wenn es einschlägt, werde ich wohl zuerst

getroffen."
„Das muss nicht sein, das muss nicht sein", versuchten die Sträucher Knorre zu beruhigen, wobei sie selbst ein großes Unbehagen verspürten, weil sie dichter an Knorre standen als Carolina und Süntel.
Inzwischen zuckten die ersten Blitze aus den dunklen Wolken, die sich nun bereits diesseits der kleinen Stadt auftürmten, und einige Sekunden danach war Donnergrollen zu hören.
„Gleich geht es los", brummte Knorre. „Es sieht aus, als wolle die Welt untergehen. Es weht schon ein leichter Wind, der sich schnell zum Sturm entwickeln wird. Haltet euch fest und stemmt euch dagegen."
In diesem Augenblick flitzte Büschel, aus dem Park kommend, an Knorres Stamm hoch und verschwand in der Spalte, die vor einigen Jahren ein Blitz geschlagen hatte. Gleich darauf erschien er wieder am Eingang der Spalte, blickte in die Richtung, aus der die Gewitterwolken heranzogen, und rief den anderen mit vor Angst zitternder Stimme zu:
„Ich glaube, es gibt ein Unwetter. Hoffentlich passiert nichts." Dann verschwand er erneut in der Spalte und keiner sagte mehr etwas. Alle waren in gespannter und banger Erwartung. Die dunklen Wolken kamen näher und näher. Blitze zuckten kreuz und quer und das Grollen des Donners wurde immer furchterregender. Der aufgekommene Wind wurde stärker und stärker und entwickelte sich zu einem gewaltigen Sturm. Die schon gelb gewordenen Weizenhalme auf dem großen Feld wurden hin- und hergeweht und Knorre, Süntel, die Sträucher und Carolina stemmten sich mit ganzer Kraft gegen den Sturm.
Plötzlich kamen zwei Männer auf dem Weg herangelaufen und stellten sich einen Moment auf die kleine Rasenfläche unter der Eiche.
„Wir stehen unter einer Eiche", rief der eine mit einem Mal erschrocken, „bloß weg hier. Vor Eichen sollst du weichen bei einem Gewitter." Dann flüchteten beide über den Weg in den Park.
Carolina hörte noch, dass der eine Mann seinem Begleiter zurief, er wolle eine im Park stehende Schutzhütte aufsuchen. Unmittelbar nach dem Beginn des Sturms fielen die ersten dicken Regentropfen.
Die kleine Stadt und der Berg jenseits des großen Feldes waren durch

die Gewitterwolken und den Regen schon nicht mehr zu sehen. Die immer dichter fallenden Tropfen wurden vom Sturm derart kräftig auf die Erde gepeitscht, dass an zahlreichen Stellen auf dem großen Feld Weizenhalme geknickt und auf den Boden gedrückt wurden. Regen, Sturm, Blitze und Donnergrollen flößten Bäume, Sträucher und Tiere große Angst ein. Alle schwiegen und warteten auf das Ende des Unwetters. Aber so schnell ging es nicht vorüber. Es hatte den Anschein, als säße es über dem großen Feld zwischen dem Berg und dem Park fest. Etwa eine halbe Stunde lang tobte es. Dann legte sich der Sturm allmählich und der Regen fiel jetzt immer sanfter auf die Erde. Die Blitze wurden seltener und die Zeit zwischen Blitz und Donner wurde immer länger, bis nur noch ein dumpfes Grollen aus der Ferne zu hören war. Alle atmeten auf und freuten sich, dass es keine Einschläge gegeben hatte. Büschel steckte seinen Kopf aus Knorres Spalte, blickte in die Runde und rief seinen Nachbarn zu:
„Du meine Güte, war das ein Getöse. Da haben wir ja Glück gehabt, dass nichts passiert ist.“ Nach einer Weile fügte er hinzu, als habe ihn das Gewitter überhaupt nicht beeindruckt:
„Na ja, ganz so schlimm war es ja nun auch wieder nicht.“
Süntel, der bemerkte, dass Büschel noch ängstlich aus den Augen blickte, erwiderte darauf:
„Jetzt, da das Unwetter vorbei ist, spielst du den Helden. Vor dem Gewitter hast du vor Angst geschlottert und selbst jetzt blickst du noch ängstlich aus deinem Fell.“
„Ja, ja, vor Angst geschlottert, vor Angst geschlottert“, schwatzten die Sträucher durcheinander, „gib es zu, gib es zu.“
„Ihr habt ja Recht, ganz wohl war mir vor dem Gewitter nicht“, räumte Büschel kleinlaut ein.
“Wo ist denn Hoppel?“, brummte Knorre vor sich hin. „Der hat sich wohl vor Angst verkrochen.“ Dann rief er laut zur kleinen Tanne hinüber: „Hoppel, du Angsthase, komm aus deinem Lager, das Gewitter ist vorbei.“
Hoppel, der während des Gewitters am ganzen Leibe gezittert hatte, streckte seinen Kopf unter Carolinas Zweigen hervor, blickte ängstlich nach rechts und links und fragte mit leiser Stimme:
„Ist das Gewitter wirklich vorüber? Das Blitzen und Donnern war ja

furchtbar. Und dann dieser Regen. Nicht einmal Carolinas Zweige haben mich vor ihm schützen können. Mein Fell ist ganz nass geworden."

„Das wird schon wieder trocken", tröstete Carolina ihren Schützling. „Die Hauptsache ist, dass wir das Gewitter alle gut überstanden haben."

„Du hast Recht", riefen die Sträucher erleichtert durcheinander, „du hast völlig Recht, Carolina." Und Süntel ergänzte: „Dein Fell wird schon wieder seinen alten Glanz bekommen. Im Augenblick siehst du allerdings wie ein begossener Pudel aus. Darüber würde ich lachen, wenn ich nicht ein bisschen Mitleid mit dir hätte."

„Drehe einige Runden im Park", empfahl Knorre, „dann trocknet dein Fell schneller. Menschen und Hunde wirst du dort jetzt nicht treffen. Im Übrigen ist dein nasses Fell völlig unwichtig. Freut euch lieber darüber, dass bei uns kein Blitz eingeschlagen hat."

„Recht hast du, Knorre, Recht hast du", schwatzten die Sträucher und nickten wie weise mit ihren Spitzen.

Hoppel kam nun mit seinem ganzen Körper unter Carolinas Zweigen hervor, schüttelte sich so kräftig, dass das Regenwasser von seinem Fell nach allen Seiten spritzte und verschwand dann langsam im Park. Carolina rief ihm noch fürsorglich nach, er solle nicht so schnell laufen und sich nicht erkälten. Sie hatte Hoppel in ihr Herz geschlossen und sorgte sich sehr um ihn, insbesondere auch deshalb, weil er so wenig Selbstvertrauen hatte und fast immer ängstlich war. Wenn sich Knorre und Süntel manchmal über ihn lustig machten, tat er ihr Leid.

Menschen ließen sich an diesem Tage nicht mehr blicken, wohl deshalb nicht, weil die Bäume und Sträucher im Park vor Nässe trieften. Die Wiesen und Felder schienen über dem immer noch warmen Erdboden zu dampfen. Dann wurde es allmählich dunkel. In der Nacht riss die Wolkendecke auf und zwischen den Wolkenhügeln waren Sterne zu sehen. Als es wieder hell wurde, schwebten nur noch einzelne Wolkenreste am Himmel, die aber alsbald verschwanden. Die Luft war klar und es wurde wieder sonnig und warm. Das Wetter tat so, als habe es einige Stunden zuvor kein kräftiges Gewitter gegeben.

An den folgenden Tagen geschah nichts Besonderes. Eines Abends

jedoch, etwa eine Woche nach dem Gewitter, näherten sich in der Dämmerung zwei Männer auf dem Weg, von denen der eine ein Fahrrad und der andere einen Einkaufswagen schob. Der Lenker des Fahrrades war in der Mitte mit einem Fell umwickelt, an dem kleine Glöckchen hingen, die bei Erschütterungen des Rades bimmelten. Auf dem Gepäckträger des Fahrrades lag etwas Zusammengerolltes und an den Seiten des Trägers hing je eine Tasche. Im Einkaufswagen lag ebenfalls etwas Zusammengerolltes. Darüber hinaus lagen weitere Gegenstände darin. Beide Männer sahen etwas ungepflegt aus. Ihre Kleidung war zerknittert und wirkte schmuddelig. Der mit dem Fahrrad war auffällig groß und dünn. Er ging etwas nach vorn gebeugt und schlurfend. Der Mann mit dem Einkaufswagen war stämmig und fast einen Kopf kleiner als der dünne.
„Da kommen zwei komische Gestalten", brummelte Knorre. „Ich möchte wissen, was die vorhaben. Sie sehen aus, als würden sie stinken. Der eine schiebt ein Fahrrad und der andere einen Einkaufswagen, den er wahrscheinlich irgendwo geklaut hat."
Carolina, die beide Männer noch nicht sehen konnte, war ganz gespannt auf die beiden Typen. Süntel, der sie inzwischen im Blickfeld hatte, sagte mit verhaltener Stimme, als fürchtete er, von den beiden Männern verstanden zu werden:
„Hoffentlich schlagen die ihr Lager nicht unter mir auf. So etwas Ungepflegtes mag ich nämlich nicht."
„Wir auch nicht, wir auch nicht", beeilten sich die Sträucher aufgeregt zu rufen, die die beiden Männer jetzt ebenfalls sahen. „Was die hier wohl wollen, was die hier wohl wollen?" Unmittelbar darauf sah auch Carolina die beiden, die vor der Bank stehen blieben und sich prüfend umschauten, als suchten sie etwas.
„Wir sollten hier bleiben", sagte der Stämmige, „hier ist es ganz idyllisch und ich glaube, dass uns hier keiner stören wird. Es ist eine Schweinerei, dass uns die Polizei im Ort aus dem Park gewiesen hat. Wir sind für die nur Gesindel, das stört."
„Du ha-ha-hast Recht", stotterte der Große, „wir sind nichts we-wewert für die fei-fei-feine Ge-Ge-Gesellschaft."
„Ich habe mich inzwischen damit abgefunden", sagte der Stämmige darauf und verzog verächtlich sein Gesicht. „Mir können sie alle ge-

stohlen bleiben. Für mich ist die Hauptsache, dass ich mein eigener Herr bin und tun und lassen kann, was ich will. Ich brauche niemanden. Einen Arzt habe ich Gott sei Dank noch nicht benötigt. Wenn ich ab und zu etwas Geld bekomme, egal von wem, bin ich zufrieden. Auf alles andere pfeife ich."

„Du bi-bi-bist zu be-be-beneiden", presste der Große aus seinem Mund hervor und wackelte vor Anstrengung beim Sprechen mit seinem Kopf von oben nach unten. „Ich ha-ha-habe diese Ein-Ein-Einstellung noch nicht." Er lehnte sein Fahrrad gegen Knorres Stamm und fügte dann hinzu: „Ich schla-schla-schlafe im Kornfe-fe-fe-feld."

„Lass dich bloß nicht vom Bauern erwischen. Der haut dich kreuzlahm, wenn du sein Korn niedertrampelst", warnte der Stämmige.

„Der so-so-soll nur ko-ko-kommen. Dem werde ich scho-scho-schon was erzählen", erwiderte der Lange. Der Stämmige hatte inzwischen den Einkaufswagen vor der Bank abgestellt und einen Schlafsack herausgenommen.

„Ich schlafe hinter der Bank," erklärte er und rollte den Schlafsack dort aus.

„Ach du meine Güte, ach du meine Güte", jammerten die Sträucher, als sie von der Absicht des Stämmigen hörten. „Hoffentlich überleben wir das, überleben wir das." Carolina hatte gespannt zugehört, als sich die beiden Männer unterhielten. Sie hatte solche Menschen noch nie zuvor gesehen. Irgendwie taten sie ihr Leid. Und als sie merkte, dass Knorre und Süntel vor Lachen glucksten, wenn der große Mann stotternd sprach, rief sie zu den beiden hinüber:

„Ihr solltet euch schämen. Der Große kann doch nichts dafür, dass er stottert. Er hat es bei seiner Behinderung sicher schwer gehabt in seinem Leben. Ihr solltet lieber anerkennen, dass er trotzdem spricht und nicht vor lauter Hemmungen schweigt."

„Na ja", antwortete Knorre kleinlaut, „wir lachen ja nicht über ihn selbst, aber es hört sich so komisch an, wenn er spricht. Es ist für uns ungewohnt, ihm zuzuhören. Wir versprechen dir, nicht mehr zu lachen, wenn er wieder zu reden anfängt."

„Ja, das versprechen wir dir", bekräftigte Süntel. Die Sträucher bekamen vor Aufregung von dem kurzen Gespräch zwischen Carolina,

Knorre und Süntel nichts mit. Sie hatten die große Sorge, dass sich der stämmige Mann zu dicht an sie heranlegte und sie dabei möglicherweise beschädigte.
Der Stämmige holte eine mit Rotwein gefüllte Flasche aus dem Einkaufswagen, nahm daraus einen kräftigen Schluck und setzte sich dann auf die Bank. Danach fragte er den Langen, ob er auch trinken wolle. Jener lehnte aber mit den Worten ab:
„Ich tr-tr-tr-trinke kei-kei-kei-keinen Alkohol, scho-scho-schon seit Jah-Jah-Jahren nicht mehr. Ich ha-ha-habe Wa-Wa-Wasser bei mir.“
„Darüber kannst du aber froh sein. Ich brauche jeden Tag mein Quantum Alkohol, sonst werde ich kribbelig und manchmal auch aggressiv“, bemerkte der Stämmige und nahm einen weiteren Schluck aus der Flasche.
„Sag mal“, führte er das Gespräch fort, „wohin fährst du morgen?“
„Nach Ha-Ha-Hannover“, antwortete der Lange unter großen Anstrengungen. „Da wo-wo-wohnt meine Schwe-Schw-Schwester. Vie-vie-vielleicht hat sie et-et-etwas Ge-Ge-Geld für mich. Vie-vie-vielleicht ka-ka-kann ich auch bei ihr ü-ü-übernachten. Aber wa-wa-wahrscheinlich ja-ja-jagt mich ihr Ma-Ma-Mann zum Teu-Teu-Teufel. Er mag mich nä-nä-nämlich nicht.“ Der große Mann presste die Worte mit leicht verzerrtem Gesicht aus seinem Mund und bewegte dabei seinen Kopf wie zitternd hoch und nieder.
„Ich bleibe hier in der Gegend. Wohin soll ich auch mit dem Wagen“, sagte der Stämmige. Dann fügte er hinzu: „Donnerwetter, du stotterst ja ziemlich stark, Kumpel. War das schon immer so?“
„Ja, seit mei-mei-meiner Ki-Ki-Kindheit. Vie-vie-viele haben über mich ge-ge-gelacht. Das tat mir da-da-damals sehr weh. Aber heu-heu-heute stört mich da-da-das nicht mehr. Ich spre-spre-spreche trotz-trotz-trotzdem.“
„Das ist gut so. Lass dich bloß nicht beirren. Rede so, wie dir der Schnabel gewachsen ist“, riet der Stämmige. „Und wenn einer zu sehr lacht, haue ihm eine in die Fresse. Aber nur, wenn du sicher bist, dass du stärker bist als er, denn sonst könnte es dir schlecht ergehen.“
Carolina empfand bei diesen Worten ein bisschen Sympathie für den

Stämmigen, der nicht über den Stotterer lachte und ihn trotz seiner Behinderung ernst zu nehmen und zu verstehen schien, wenngleich ihr die Empfehlung ‚in die Fresse hauen' nicht so ganz behagte.
„Der Stämmige scheint ein Grobian zu sein", rief Süntel zu Knorre, den Sträuchern und Carolina hinüber. „Aber trotzdem ist er mir nicht unsympathisch."
„Er redet wohl so, wie er denkt", sagte Knorre. „Wahrscheinlich würde er auch so handeln und dem Langen beistehen, wenn der wegen seines Sprachfehlers gehänselt oder ausgelacht würde. Das finde ich gut."
In diesem Augenblick streckte Büschel seinen Kopf aus der Spalte, blickte neugierig auf die beiden Männer hinab und flitzte dann an Knorres Stamm hoch bis in die Spitze.
„Ich beneide euch nicht", rief Büschel den Sträuchern amüsiert zu. „Ich wünsche euch eine angenehme Nacht in unmittelbarer Nachbarschaft des Tippelbruders."
„Meine Güte, meine Güte, was soll das bloß werden?", klagten die Sträucher, „was soll das bloß werden? Du hast gut lachen, Büschel, zu dir kommt keiner hoch. Es ist nicht schön, dass du dich über uns lustig machst."
„Euch wird schon nichts passieren", beruhigte Büschel die Sträucher. „Vielleicht stinkt der stämmige Tippelbruder etwas. Aber das ist nicht schlimm. Ihr könnt ja während der Nacht die Luft anhalten. Im Übrigen ist noch niemand erstunken, jedenfalls habe ich davon noch nie etwas gehört."
Knorre und Süntel lachten dröhnend, während Carolina dem Eichhörnchen zurief: „Ich finde es auch nicht schön, Büschel, dass du dich über die Sträucher amüsierst, während du in sicherer Entfernung auf dem Baum oder in deiner Spalte hockst."
Büschel huschte an Knorres Stamm bis zur Spalte hinab. Bevor er darin verschwand, rief er noch lauthals den Sträuchern zu:
„Ich bin müde und lege mich schlafen. Ich bin den ganzen Tag über in den Bäumen des Parks herumgeklettert. Was meint ihr wohl, wie sehr das anstrengt. Ihr steht nur da, glotzt in der Gegend herum und wartet von einer Abwechslung auf die nächste. Und wenn sie darin in Gestalt dieser beiden Typen kommt, beklagt ihr euch. Wartet

doch erst einmal ab, was passiert. Der Stämmige wird euch schon nichts tun. Macht es alle gut. Bis morgen früh." Dann schlüpfte er durch die Spalte auf sein Lager.

„Ich mache mir um Hoppel Sorgen", rief Carolina zu Knorre und Süntel hinüber. „Er ist noch nicht zurück. Hoffentlich ist ihm nichts geschehen."

„Mit Hoppel brauchst du heute nicht mehr zu rechnen", brummte Knorre. „Er wird im Kornfeld sein. Solange die beiden Männer in unserer Nähe sind, wird er nicht kommen. Er hat viel zu viel Angst."

„So wird es wohl sein", bekräftigte Süntel Knorres Vermutung. „Er geht ihnen aus dem Weg, dieser Angsthase. Aber an seiner Stelle wäre ich den Menschen und Hunden gegenüber auch misstrauisch. Beide wollen ihm ans Fell. Morgen wird er wieder hier sein. Da bin ich mir ganz sicher."

Trotz der von Knorre und Süntel geäußerten Zuversicht wurde Carolina ihre Sorge um Hoppel nicht ganz los. Letztlich glaubte aber auch sie, dass Hoppel wegen der beiden Männer noch nicht in sein Zuhause zurückgekehrt war.

Inzwischen hatte der stämmige Mann den Einkaufswagen hinter die Sträucher neben seinen Schlafsack geschoben.

„Willst du nicht doch lieber hinter der Bank schlafen?", fragte er den Langen. „Hier ist noch Platz genug. Im Kornfeld könntest du Ärger mit dem Bauern bekommen."

„Nein, ich schla-schla-schlafe lieber im Kornfe-fe-feld. Da fühle ich mich si-si-sicherer. Außerdem lie-lie-liege ich dort wei-wei-weicher."

„Na gut, mach was du willst", antwortete der Stämmige, „ich lege mich jetzt aufs Ohr. Bis morgen."

Der große, hagere Mann nahm sein Fahrrad von Knorres Stamm und schob es auf das große Weizenfeld zwischen den Halmen hindurch. Für Carolina war er schon bald nicht mehr zu sehen, auch für die Sträucher und Süntel nicht, dessen Sicht durch Knorres Blätter teilweise eingeschränkt war. Knorre konnte ihn dagegen noch sehen. Er beobachtete, wie der Lange nach etwa hundert Schritten durchs Korn sein Fahrrad auf den Boden legte, seinen Schlafsack ausrollte und dann in den Sack schlüpfte. Eine deutlich sichtbare Spur durchs Korn hatte er bis zu seinem Schlafplatz nicht hinterlassen. Das lag daran, dass er geschickt seinen Weg zwischen den schon gelben Halmen hindurch gesucht hatte. Als der stämmige Mann in seinen Schlafsack schlüpfte, neigten die Sträucher ihre dünnen Äste zur Rückenlehne der Bank hin, als fürchteten sie, von dem Stämmigen erdrückt zu werden. Aber es passierte ihnen nichts. Der Mann schnarchte nicht einmal und deshalb dauerte es auch nicht lange, bis die Sträucher ebenfalls einschliefen, wenngleich ihr Schlaf wegen der Nähe des Stämmigen nur oberflächlich war. Carolina, Knorre und Süntel dagegen fielen bald in einen tiefen Schlaf.

Am nächsten Morgen, als die Sonne schon etwas über dem Horizont stand, wurden sie von einem lauten Rufen des stämmigen Mannes geweckt.

„He, Kumpel", rief er über das Weizenfeld in Richtung zu der Stelle, an der sich der Lange schlafen gelegt hatte, „komm her, es wird Zeit, dass wir weiterziehen." Aber er bekam keine Antwort. Knorre, der den Langen am Abend zuvor noch gesehen hatte, als jener sich schlafen legte, konnte ihn nicht entdecken. Seine Schlafstelle im Kornfeld war geräumt. Am liebsten hätte er den Stämmigen darüber informiert, aber dazu war er nicht in der Lage, weil er die Menschen zwar verstehen, jedoch nicht mit ihnen sprechen konnte. Zu Carolina, Süntel und den Sträuchern sagte er:

„Der Lange ist weg. Er ist wohl schon in Richtung Hannover zu seiner Schwester unterwegs. Tippelbrüder sind oft Einzelgänger, die häufig nur kurze Zeit mit ihresgleichen zusammen sind."

Der Stämmige wartete noch einen Augenblick und murmelte dann vor sich hin:

„Der ist schon abgehauen. Na gut, dann gehe ich eben allein weiter."

Er rollte seinen Schlafsack zusammen, legte ihn in den Einkaufswagen, schob diesen auf den Weg und entfernte sich dann in die Richtung, aus der er am Abend zuvor gekommen war.

„Gott sei Dank, dass wir das unbeschadet überstanden haben, überstanden haben", schnatterten die Sträucher aufgeregt durcheinander. „Gott sei Dank."

„Sag mal, Knorre, woran mag es liegen, dass die beiden Männer kein richtiges Zuhause haben, sondern auf Wanderschaft sind und draußen schlafen, jedenfalls im Sommer?“, fragte Carolina die Eiche. „Das ist doch nicht normal. Mir tun beide Leid.“
„Mir auch“, rief Süntel zur kleinen Tanne hinüber.
„Sie sind nicht die Einzigen, die so leben“, antwortete Knorre. „Es gab solche Menschen schon immer und es wird sie auch in Zukunft geben. Aber warum die beiden ein solches Leben führen, weiß ich nicht. Irgendetwas hat sie wohl aus ihrer normalen menschlichen Umgebung gestoßen, wenn es denn überhaupt eine solche für sie gab. Vielleicht waren es schlimme Erlebnisse in der Jugend, vielleicht aber auch solche in späteren Jahren. Möglicherweise hat auch ihr eigenes Verhalten dazu geführt. Ich weiß es nicht. Mir tun sie jedenfalls auch Leid.“
„Es kann aber auch sein, dass sie einfach Gefallen an einem solchen Leben haben und ein festes Zuhause überhaupt nicht vermissen“, erklärte Süntel.
„Mag sein“, äußerte Knorre nachdenklich. „Unzufrieden wirkten beide nicht.“
„Das ist auch mein Eindruck. Trotzdem ist es schade um die beiden“, seufzte Carolina, „ich würde ihnen gern helfen, aber ich kann es leider nicht. Man kann sich doch nicht wohl fühlen, wenn man kein Zuhause und keine Freunde hat.“
Einige Minuten nach diesem Gespräch kam Hoppel aus dem Park, blickte ängstlich nach allen Seiten und fragte dann leise: „Sind die beiden weg?“
„Ja, ja“, antwortete Carolina erleichtert. „Wo warst du denn während der Nacht? Ich habe mir schon Sorgen um dich gemacht.“
„Ich war im Park“, entgegnete Hoppel. „Als ich gestern Abend die beiden Männer sah, habe ich mich nicht getraut, mein Lager aufzusuchen. Ich habe unter einem Gebüsch geschlafen.“
„Gut, dass du wieder da bist“, riefen Knorre und Süntel wie aus einem Munde. „Wir haben uns schon gedacht, dass du Angsthase wegen der beiden Männer woanders schlafen würdest. Nun ist die Welt für Carolina ja wieder in Ordnung.“
„Für euch nicht?“, fragte Büschel keck, der seinen Kopf aus Knorres

Spalte hielt und in die Sonne blinzelte. Knorre und Süntel waren zunächst verdutzt über Büschels Frage und antworteten eine Weile nicht. Dann jedoch räumten sie ein, dass auch sie sich Sorgen um Hoppel gemacht hatten und dass auch für sie die Welt jetzt wieder in Ordnung sei.

„Ja, so ist es, Hoppel“, sagte Carolina, „wir alle sind froh, dass du wieder bei uns bist.“

„Wir auch, wir auch“, versicherten die Sträucher, „es wäre schlimm für uns, wenn dir etwas zugestoßen wäre, zugestoßen wäre.“

Hoppel fühlte sich über so viel Fürsorge geschmeichelt und bedankte sich gerührt bei seinen Nachbarn. Dann suchte er sein Lager unter der kleinen Tanne auf, um etwas zu schlafen. Unter dem Gebüsch im Park hatte er die Nacht sehr unruhig verbracht, weil er sich dort nicht so sicher gefühlt hatte wie unter Carolinas Zweigen.

Büschel konnte es nicht lassen, etwas ironisch lauthals zu rufen:

„Um mich macht ihr euch anscheinend keine Sorgen, obwohl ich fast jeden Tag im Park herumstrolche. Mir kann dort auch etwas passieren. Ich kann zwar im Gegensatz zu Hoppel bei Gefahr auf Bäume flüchten, aber absolut sicher bin ich auf Bäumen nicht.“

„Wer wird dir schon etwas tun? Du bist doch allgemein beliebt und wirst bewundert, jedenfalls von den Menschen“, antwortete Carolina. „Und Hunde, die dir gefährlich werden könnten, können nun mal nicht klettern.“

„Du bist ein Schlaumeier“, rief Büschel zurück, flitzte aus der Spalte, dann an Knorres Stamm nach unten auf den Weg und verschwand im Park, wo er sich tagsüber am wohlsten fühlte.

„Der ist ganz schön eingebildet“, knurrte Knorre, „aber lasst ihn man, böse sein kann ich ihm trotzdem nicht.“

„Wir auch nicht, wir auch nicht“, schwatzten die Sträucher durcheinander, „wir auch nicht. Aber eingebildet ist er, Knorre.“

Carolina und Süntel sagten dazu nichts. Carolina hörte alsbald nach diesem kurzen Gespräch das ruhige, gleichmäßige Atmen von Hoppel und verhielt sich ganz still, um den Hasen nicht zu stören. Sie wusste jetzt, dass er eingeschlafen war.

Die folgenden Tage vergingen, ohne dass sich etwas Besonderes ereignete. Als jedoch eines Morgens schönes, warmes Wetter

herrschte, bemerkte Knorre, wie sich von der Straße her ein riesiger Mähdrescher in einer Staubwolke auf dem Weizenfeld näherte.
„Jetzt geht es den Weizenhalmen mit den Ähren an den Kragen!“, rief Knorre seinen Nachbarn zu, die gebannt auf das Ungetüm starrten, das langsam näher kam.
„Meine Güte, meine Güte, macht der einen Staub. Der Fahrer wird ja kaum atmen können, atmen können“, riefen die Sträucher aufgeregt durcheinander.
„Seht ihr denn nicht, dass der Fahrer in einer Kabine sitzt“, belehrte Carolina die Sträucher. „Das habt ihr im vorigen Sommer doch schon gesehen. In der Kabine ist er vor Staub geschützt.“
„Er kann darin sogar Radio hören“, mischte sich Süntel in das Gespräch ein. „Und bei Regen wird er nicht nass.“
„Bei Regen, bei Regen wird nicht gemäht“, amüsierten sich die Sträucher und kicherten durcheinander. „Du willst uns wohl auf den Arm nehmen.“
„Süntel weiß das auch“, erklärte Carolina, „es kann aber sein, dass es während des Mähens Regen gibt und der Fahrer mit dem Mähen aufhören muss. Wenn er dann nach Hause fährt, wird er in der Kabine nicht nass.“
„So ist es, Carolina“, sagte Süntel, „die Sträucher sind etwas langsam in ihrer Fantasie. Kläre du sie auf.“
„Wir sind nicht langsam, sind nicht langsam“, schmollten die Sträucher leicht beleidigt. „Wir haben an diesen Fall nur nicht gedacht.“
„Schon gut, schon gut“, beschwichtigte Süntel die Sträucher. „Ich habe euch nicht beleidigen wollen.“ Dann fügte er an Knorre gewandt hinzu: „Was meinst du, Knorre, wird das Korn bis heute Abend gemäht sein?“
„Ich vermute es“, antwortete Knorre. „Auf jeden Fall wird die ganze Fläche bis spätestens morgen Mittag nur noch ein Stoppelfeld sein. Mit einem Mähdrescher geht das sehr schnell. Er hat nämlich vorn ein Schneidewerk von vier bis acht Metern Breite. Das ist unterschiedlich. Der da kommt, hat nach meiner Schätzung eine Schnittbreite von vier oder fünf Metern. Beim Mähen braucht er auf dem Feld nicht gewendet zu werden. Der Fahrer beginnt mit dem

Mähen am Rande des Feldes und fährt dann mit dem Schneidewerk einfach rundherum direkt in die noch stehenden Halme. Ihr werdet sehen, wie schnell ein solch großes Kornfeld gemäht ist. Und das Gute dabei ist, dass die Ähren gleich gedroschen werden und die Körner in einen Behälter des Mähdreschers fallen. Dieser Behälter kann mehrere Tonnen Körner aufnehmen." Knorre holte tief Luft nach diesem Redefluss. Er erzählte gern von dem, was er in den vergangenen Jahren gesehen und gehört hatte. Dann belehrte er seine Nachbarn weiter: „Das Ungetüm mäht und drischt also fast in einem Arbeitsgang. Deshalb heißt er ja auch Mähdrescher. Wenn der Behälter mit den Körnern gefüllt ist, werden diese auf einen Anhänger befördert und dann in eine Scheune oder auf einen Boden zum Trocknen gebracht, manchmal aber auch gleich in eine Trockenanlage. Das ist jedoch nicht nötig, wenn mehrere Tage vor dem Mähen und Dreschen trockenes Wetter herrschte und die Körner keine Feuchtigkeit mehr enthalten."

Carolina beobachtete gebannt den sich langsam nähernden Mähdrescher, der in eine Staubwolke gehüllt parallel zum Weg dicht an ihr und ihren Nachbarn vorbeifuhr.

„Früher war das alles anders", setzte Knorre seine Belehrung fort. „Süntel wird noch wissen, wie vor Jahren gemäht wurde. Du, Carolina, und ihr Sträucher kennt das nicht. Ihr ward damals noch nicht hier."

„Du hast uns bereits im vergangenen Jahr erzählt, wie es früher war, früher war", riefen die Sträucher durcheinander. „Aber erzähle es uns ruhig noch einmal. Wir haben inzwischen vieles vergessen. Im Übrigen macht es immer wieder Spaß, dir zuzuhören."

Meine Güte, dachte Süntel, jetzt hören wir seine Geschichte schon wieder. Dreimal mindestens hat er sie schon zum Besten gegeben. Allmählich wird sie langweilig. Aber Süntel sagte nicht, was er dachte. Er wollte es mit Knorre nicht verderben. Knorre war schon sehr alt und Süntel wusste, dass Alte gern aus der Vergangenheit erzählen. Also hörte er geduldig zu. Im Grunde war es aber auch für ihn immer wieder interessant, wenn Knorre von früher berichtete.

„Ja, Knorre, erzähle uns, wie es früher war. Ich höre deine Geschichten auch immer wieder gern", ermunterte Carolina ihren Nachbarn, ob-

wohl sie seine Erzählung, wie früher geerntet wurde, schon mehrere Male gehört hatte. Knorre fühlte sich durch die Bitten der Sträucher und der kleinen Tanne geschmeichelt und begann etwas zögerlich:
„Ja, also vor etwa hundert Jahren und in der Zeit davor…"
„Was?", riefen die Sträucher aufgeregt durcheinander, „du stehst schon hundert Jahre und länger hier?"
„Hundert Jahre?", staunte auch Carolina, „in dieser Zeit musst du ja viel gesehen und gehört haben."
„Habe ich auch", entgegnete Knorre und aus seiner Stimme klang etwas Stolz. „Im Übrigen stehe ich schon viel länger als hundert Jahre an dieser Stelle. Ich glaube, es sind etwa vierhundert Jahre. Genau weiß ich das aber nicht mehr. Wir Eichen werden häufig sehr alt. An die Erlebnisse in den ersten Jahren kann ich mich jedoch kaum noch erinnern. Ich weiß nur noch, dass dort, wo jetzt das Kornfeld ist, Bäume standen, die dann später gefällt wurden. Alles hier um uns herum war Wald. Er erstreckte sich bis auf den Berg. Die kleine Stadt, die in der Ferne zu sehen ist, sah damals sicher ganz anders aus und war kleiner als heute. Zu sehen war sie von hier aus nicht. Auch die Straße, die vor langer Zeit nur ein Waldweg war, konnte von hier aus nicht gesehen werden. Erst nach dem Fällen der Bäume und dem Roden der Wurzeln wurde der Waldweg verbreitert und zur Straße befestigt. Das ist aber erst vor etwa hundertfünfzig Jahren geschehen."
„Da hat du aber Glück gehabt, dass man dich nicht gefällt hat", unterbrach Carolina ihren Nachbarn Knorre.
„Das kann man wohl sagen", entgegnete jener. Ich habe damals ganz schön um mein Leben gebangt. Aber letztlich hat man mich stehen lassen. Warum, weiß ich nicht." Und dann fügte er etwas verschmitzt mit verhaltener Stimme hinzu: „Wir hätten uns nicht kennen gelernt, wenn man mich gefällt hatte. Das wäre sehr bedauerlich gewesen. Jedenfalls sehe ich das so."
„Ich sehe das genau so", beeilte sich Carolina zu erwidern, wobei sie ihre Freude über das versteckte Kompliment ihres weitaus älteren Nachbarn nicht verbergen konnte.
„Wir hätten uns dann auch nicht kennen gelernt, auch nicht kennen gelernt", plapperten die Sträucher lauthals und hofften ins-

geheim von Knorre zu hören, dass er ebenfalls bedauere, auch sie dann nicht kennen gelernt zu haben. Aber bevor Knorre darauf reagieren konnte, mischte sich Süntel ein und rief zu den Sträuchern hinüber: „Da muss ich mal wieder lachen silberhell. Nun wollt auch ihr von Knorre hören, wie bedauerlich es gewesen wäre, wenn er euch nicht kennen gelernt hätte. Seid nicht so eitel. Knorre muss euch ja nicht gleich mit einbeziehen, wenn er Carolina mal etwas Schmeichelhaftes sagt."

Knorre schmunzelte über Süntels Äußerung. Die Sträucher aber reagierten gereizt und riefen zu Süntel hinüber: „Dein silberhelles Lachen kannst du dir sparen. Im Übrigen haben wir kein Lachen von dir gehört. Kannst du zur Abwechslung auch mal anders lachen als silberhell?"

„Soll ich etwa goldhell lachen oder vielleicht wasserhell? Das klingt doch nicht gut. Na ja, ich könnte glockenhell sagen. Da es aber auch dumpf klingende Glockentöne gibt, lasse ich es lieber bei silberhell. Das gefällt mir am besten", rief Süntel amüsiert zurück und dabei lachte er laut.

„Kabbelt euch nicht schon wieder", forderte Knorre die Sträucher und Süntel auf, während Carolina schwieg. „Soll ich jetzt weiter erzählen?", fragte Knorre seine Nachbarn. Und als diese zur Freude von Knorre seine Frage übereinstimmend bejahten, setzte Knorre seine Erzählung fort: „Denkt nur nicht, dass das Fällen der Bäume und das Roden der Wurzeln von heute auf morgen erfolgte. Das hat Jahrzehnte gedauert. Die Menschen haben sehr schuften müssen, bis das Land so war wie es jetzt ist, und das nur mit Hilfe von Handsägen, Schaufeln, Äxten und Pferden. Die Menschen haben mir oft Leid getan."

„Auch die Pferde?", fragte Carolina etwas besorgt.

„Ja, ja, die auch", beruhigte Knorre die kleine Tanne und fuhr dann fort: „Als die Bäume gefällt und die Wurzeln gerodet waren, wurde aus der Fläche erst Weide und viel später dann Ackerland. Es war immer recht lustig, wenn Ziegen und Kühe, meistens unter der Aufsicht von Kindern, auf der Wiese weideten. Ihr glaubt ja gar nicht, was es da so alles zu erzählen gab. Insbesondere mit den Ziegen waren die Gespräche interessant. Sie waren nie langweilig.

Sie redeten viel, waren lebhaft und oft sehr neugierig. Manchmal fragten sie mir Löcher in den Stamm. Die Kühe dagegen waren fast alle stumpfsinnig und ein bisschen blöd. Meistens waren sie schwer von Begriff. Aber so sehen sie auch aus. Ihr braucht sie euch nur mal richtig anzuschauen. Und trotzdem, irgendwie waren sie treue Hucken. Man konnte ihnen nicht böse sein. Im Sommer lagen sie gern in meinem Schatten, dösten wiederkäuend vor sich hin und ließen sich von mir unterhalten. Häufig hatte ich den Eindruck, dass sie gar nicht verstanden, was ich sagte. Meine Güte, waren die schwerfällig. Jedes Wort musste ich ihnen aus dem Maul ziehen. Von sich aus trugen sie kaum etwas zur Unterhaltung bei. Wenn sie zusammen mit Ziegen in meiner Nähe waren, wurden die Gespräche fast nur von den Ziegen und mir geführt. Die Kühe schwiegen meistens und taten so, als würden sie alles verstehen, was wir sprachen. Aber das war nach meinem Eindruck nicht der Fall. Nur hin und wieder beteiligten sie sich mit kurzen Sätzen an der Unterhaltung. Es gibt übrigens nicht gerade wenige Menschen, die im Wesen und in ihren Bewegungen Ziegen und Kühen ähneln. Achtet mal darauf, wenn ihr Menschen reden hört und ihre Bewegungen beobachtet. Dann werdet auch ihr das feststellen."

Knorre schwieg eine Weile und Carolina kicherte wegen des Vergleichs von Ziegen und Kühen mit Menschen leise vor sich hin. Sie konnte trotz ihrer geringen Lebenserfahrung die Beobachtungen von Knorre bestätigen.

„Also vor etwa hundert Jahren und in der Zeit davor", setzte Knorre seine Erzählung fort, „gab es noch keine Mähdrescher, auch noch keine Mähmaschinen, mit denen das Korn nur gemäht, aber nicht gedroschen werden konnte. Das Dreschen besorgte eine Dreschmaschine, die aber nicht auf dem Kornfeld stand, sondern in einem Dorf auf einem Dreschplatz oder auf dem Hof, in der Scheune oder auf der großen Diele eines Bauern. In der Zeit, als es noch keine Dreschmaschine gab, wurde das Korn in der Scheune oder auf der Diele der Bauern mit einem hölzernen Dreschflegel gedroschen, nachdem es zuvor von seinem Lagerplatz geholt und auf dem Boden der Scheune oder der Diele ausgebreitet worden war. Dort wurden die Ähren mit dem Flegel geschlagen, so dass sich die Körner aus

den Ähren lösten. Das gelang aber nicht gleich beim ersten Mal. Das zerzauste Korn musste vielmehr mindestens einmal gewendet und noch einmal mit dem Flegel bearbeitet werden, bis alle Körner oder fast alle Körner auf dem Boden lagen."
„Wurden sie dann aufgesucht?", fragte Carolina interessiert.
„Na ja, natürlich nicht einzeln", antwortete Knorre und freute sich über das Interesse seiner jungen Nachbarin.
„Wenn man sie einzeln aufgesucht hätte, wäre das ja eine ziemlich mühselige Arbeit gewesen, mühselige Arbeit gewesen", amüsierten sich die Sträucher lauthals.
„Das stimmt", fuhr Knorre fort. „Nach dem Dreschen wurde das ausgedroschene Stroh zunächst wieder zusammengebunden und in die Scheune oder auf den Dachboden zurückgebracht, wo es vorher schon gelegen hatte. Danach wurden dann die Körner und die Spreu zusammengefegt und danach voneinander getrennt."
„Wie hat man denn das gemacht?", fragten Carolina und die Sträucher übereinstimmend, während Süntel etwas gelangweilt schwieg, weil er Knorres Geschichten schon einige Male gehört hatte.
„Man hat mit großen Schaufeln die Körner mit der Spreu in einem hohen Bogen über den Dielenboden oder den Scheunenboden geworfen, was zur Folge hatte, dass die Körner, die schwerer sind als die Spreu, weiter flogen als die Spreu. Aber danach war das Korn immer noch nicht sauber. Es musste nun noch mehrere Male gesiebt werden, bis die letzte Spreu und die Unkrautsamen aus dem Korn entfernt waren."
Knorre schwieg eine Weile. Dann erzählte er weiter: „Das alles waren schwere Arbeiten, die ein Bauer und seine Frau nicht allein bewältigen konnten. Deshalb hatten die Bauern damals auch mehrere Knechte und Mägde. Insbesondere die so genannten Scheunendrescher mussten Schwerstarbeit leisten. Sie aßen deshalb besonders viel. Darum spricht man heute noch von einem Menschen, wenn er viel isst: Er frisst wie ein Scheunendrescher."
Knorre hielt in seinem Redefluss inne und beobachtete eine Zeit lang den Mähdrescher, der inzwischen, in eine Staubwolke gehüllt, wieder unten an der Straße war und parallel dazu mähte.

„Woher weißt du das alles, Knorre, weißt du das alles?", fragten die Sträucher erstaunt.
„Das hat er euch doch schon im vergangenen Jahr erzählt", mischte sich Süntel etwas genervt in das Gespräch ein. „Habt ihr denn das schon wieder vergessen?"
„Nein, nein", riefen die Sträucher durcheinander, „aber vieles, was man mal gehört hat, bleibt nun mal nicht in der Erinnerung. Du behältst auch nicht alles, auch nicht alles. Gib es zu."
„Ja, das stimmt", räumte Süntel nur scheinbar etwas kleinlaut ein, „wir haben nur eine beschränkte Aufnahme- und Erinnerungsfähigkeit. Bei dem einen ist sie größer und bei dem anderen geringer." Er schwieg einen Moment. Dann fügte er, um die Sträucher zu ärgern, spitz hinzu: „Bei euch scheint sie aber geringer zu sein."
„Willst du uns schon wieder beleidigen, beleidigen?", riefen die Sträucher erregt. „Knorre, sag du Süntel mal die Meinung. Er sollte von dir zurechtgewiesen werden. So pflegt man keine gute Nachbarschaft, Nachbarschaft."
Knorre kam der Aufforderung nach und sagte an Süntel gewandt:
„Was ist denn heute bloß mit dir los? Warum reizt du die Sträucher? Du solltest dich mit deinen Äußerungen etwas zurückhalten. Im Grunde haben sie doch Recht. Wir alle vergessen im Laufe der Zeit vieles, was wir mal gesehen oder gehört haben. Letztlich bleiben uns nur noch Erinnerungsinseln."
Süntel versprach, sich gegenüber den Sträuchern zu bessern. Dabei wusste er aber, dass sie ihn immer mal wieder mit ihrem Geschnatter reizen würden und er sich dann erneut zu stichelnden Bemerkungen hinreißen lassen würde. Gegenüber Carolina passierte ihm das nur ganz selten. Sie gab ihm dazu aber auch kaum Veranlassung. Sie war mit ihren Äußerungen diplomatischer als die Sträucher.
„Ihr wollt wissen, woher ich das alles weiß?", wandte sich Knorre an die Sträucher. „Nun, ich habe die Entwicklung im Laufe der vergangenen Jahrzehnte und Jahrhunderte selbst miterlebt. Und dann habe ich viel von den Erntearbeitern gehört, die sich in den Frühstücks- und Mittagspausen oft in den Schatten meiner Blätter gesetzt haben. Da wurde häufig von der Arbeit erzählt. Aber es wurde auch viel gelacht, trotz der schweren körperlichen Arbeit, die

alle leisten mussten." Knorre schwieg einen Augenblick und fügte dann etwas nachdenklich hinzu: „Ich glaube, dass die Menschen früher im Allgemeinen fröhlicher waren als heute, obwohl sie damals viel mehr arbeiten mussten. Sie freuten sich über kleine Dinge des Lebens, die heute kaum noch beachtet oder gar geschätzt werden. Vieles ist inzwischen selbstverständlich geworden. Denkt nur mal an das elektrische Licht, an das Fahrrad, das Auto, den Trecker, den Mähdrescher und an viele andere Dinge, die es vor fünfzig, hundert oder hundertfünfzig Jahren noch gar nicht gab. Heute reicht bereits eine Person aus, um mit Hilfe des Mähdreschers eine solch große Weizenfläche zu mähen und das Korn zu dreschen. Ihr erlebt es jetzt selbst mit. Vielleicht kommt heute Morgen noch eine zweite Person mit einem Trecker und Anhänger, um das Korn abzuholen. Und in den nächsten Stunden kommt wahrscheinlich noch jemand, der mit einem anderen Gerät das auf dem Boden liegende Stroh zusammenpresst und abtransportiert. Möglicherweise ist es sogar immer derselbe Mann, der diese Arbeiten verrichtet, oder dieselbe Frau."
Knorre, der seinen Zuhörern voller Begeisterung von seinen Erfahrungen berichtete, hielt einen Moment inne und fuhr dann fort: „Ganz früher, vor hundert Jahren und in der Zeit davor, erschienen zur Ernte immer mehrere Männer auf diesem Feld, die im Abstand von einigen Metern mit einer Sense das Korn mähten. Und unmittelbar hinter den Mähern war jeweils eine andere Person, meistens war es eine Frau, die mit einer Holzharke die auf dem Boden liegenden gemähten Halme zu Garben, zu Bunde, zusammenharkte und mit einigen zusammengedrehten Halmen zusammenband. Diese Garben hatten aufgerichtet fast die Größe eines Menschen. Das Mähen, Harken und Binden war eine schwere Arbeit, die in einer etwas gebückten Haltung verrichtet werden musste. Und noch vor Feierabend wurden die auf der gemähten Fläche liegenden Garben zum Trocknen zu so genannten Schocken aufgestellt, die wie kleine Häuser aussahen, deren schräges Dach an beiden Seiten bis auf den Boden reicht. Manchmal krochen Kinder beim Spielen in die Schocken und versteckten sich darin. Nach etwa einer Woche kamen dann von Pferden oder Kühen gezogene Leiterwagen und Männer hoben die Garben mit Forken auf den Wagen, auf dem in

der Regel zwei Frauen standen, die die Garben so aufeinander legten, dass sie eine Höhe von etwa drei bis vier Metern erreichten. Danach wurde das Korn zum Bauernhof gefahren, wo es zunächst in einer Scheune oder auf einem Dachboden bis zum Dreschen durch Scheunendrescher gelagert wurde."
Knorre schwieg wieder eine Weile und Carolina und die Sträucher warteten darauf, dass er in seiner Erzählung fortfuhr. Als Knorre gerade weiter erzählen wollte, steckte Büschel seinen Kopf aus der Spalte in Knorres Stamm, blickte nach rechts und links und flitzte dann den Stamm hinunter über den Weg in den Park. Dabei machte er leise die Bemerkung, die wohl niemand hören sollte: „Immer wieder die alten Geschichten von früher. Die kenne ich doch schon. Sie werden ja allmählich langweilig."
Alle hatten die Äußerung von Büschel verstanden und waren etwas enttäuscht über seine Interesselosigkeit. Die Sträucher riefen ihm deshalb nach: „Du interessierst dich nur für dein Aussehen, dein Aussehen. Alles andere ist dir gleichgültig, gleichgültig." Hoppel, der unter den Zweigen der kleinen Tanne auf seinem Lager lag und die Gespräche gespannt mit angehört hatte, kratzte an Carolinas Stamm, um auf sich aufmerksam zu machen und flüsterte ihr zu: „Ist das interessant, was Knorre da erzählt. Und wie alt er schon ist. Das hätte ich nicht gedacht."
Hoppel hörte Knorres Geschichten zum ersten Mal und Carolina freute sich über Hoppels Worte. Sie flüsterte zurück: „Es ist gut, Hoppel, dass du zuhörst und dich auch für die Vergangenheit interessierst. Man sollte zwar die Gegenwart bewusst erleben und auch für die Zukunft planen, aber man sollte auch Interesse für die Vergangenheit zeigen. Wenn man das nicht tut, kann man die Gegenwart mit ihren großen Erleichterungen und Vorteilen kaum richtig würdigen und aus Fehlern, die in der Vergangenheit gemacht wurden, keine Lehren für die Zukunft ziehen. Doch ich glaube, viele Menschen denken gar nicht darüber nach. Sie interessieren sich nur für die Gegenwart und vielleicht noch für die nahe Zukunft. Was vergangen ist, ist eben vergangen und ist nicht mehr von Interesse."
„Du bist für dein junges Alter schon ganz schön schlau", flüsterte

Hoppel anerkennend. „Na ja, ich bin ja auch erst etwa ein Jahr alt. Und wer weiß, wie meine Zukunft aussieht. Es gibt zu viele, die mir nach dem Leben trachten. Bisher habe ich jedoch Glück gehabt."
„Aber, Hoppel", flüsterte Carolina beruhigend zurück, „blick doch nicht so düster in die Zukunft. Wenn du aufpasst und auch hin und wieder auf unseren Rat hörst, wirst du noch lange Zeit über die Felder hoppeln können und viele Nachkommen haben."
„Wenn du meinst", entgegnete Hoppel mit leiser Stimme. Aber so ganz hatten Carolinas Worte ihn nicht überzeugt. „Lass uns weiter hören, was Knorre noch zu erzählen hat. Ich beneide ihn um sein langes Leben und seine Erfahrungen."
Dann schwiegen beide. Knorre fuhr nach einer kurzen Pause mit seiner Erzählung fort: „Wenn das Korn abgefahren war, und zwar meistens einige Wochen nach dem Mähen, kam der Bauer oder sein Knecht mit zwei Pferden oder zwei Kühen und pflügte das Stoppelfeld um. Das geschah anfangs mit einem hölzernen Pflug, der mit Blech beschlagen war. Später war die Pflugschar aus Stahl. Nach dem Pflügen, das immer mehrere Tage dauerte, manchmal, wenn regnerisches Wetter herrschte, sogar länger, wurde das umgepflügte Land geeggt, gewalzt, wieder geeggt und dann entweder gleich danach oder im Frühjahr besäht. Ja, ja das Leben war früher für die meisten Menschen und für die Arbeitstiere sehr mühevoll. Aber die Menschen mussten schuften, um zu überleben. Sie hatten keine andere Wahl. Supermärkte, in denen sie alles kaufen konnten, gab es damals noch nicht."
Carolina, Hoppel, die Sträucher und auch Süntel hatten gespannt den Erzählungen der alten Eiche gelauscht. Süntel, der anfangs etwas widerwillig zugehört hatte, rang sich zu der Bemerkung durch: „Ich habe in meinem Leben ja schon viel gesehen und gehört, aber mit deinen Erfahrungen, Knorre, kann ich nicht mithalten. Das muss ich zugeben. Ich bin ja auch erst etwa zweihundert Jahre alt. Genau kann ich das nicht sagen. Ich weiß auch nicht, warum ich gerade an dieser Stelle, in deiner unmittelbaren Nachbarschaft groß geworden bin und warum meine Äste so kringelig und verdreht gewachsen sind. Manchmal schäme ich mich wegen meines Aussehens."
„Das brauchst du doch nicht", tröstete Carolina die Buche. „Ich fin-

de, dass du gut aussiehst.“ Und die Sträucher ergänzten: „Du siehst nicht nur interessant aus, interessant aus, sondern auch schön mit deinem mächtigen Blätterdach, mächtigen Blätterdach. Und wenn Kinder kommen und in dir herumturnen, werden wir anderen kaum beachtet, kaum beachtet.“
Die Sträucher hatten bereits vergessen, dass Süntel sie kurz zuvor gereizt hatte. Sie waren in ihrer lockeren und quirligen Art nicht nachtragend. Knorre brummte etwas selbstironisch und gleichzeitig anerkennend: „Na ja, Süntel, an mein Aussehen kommst du zwar nicht heran; aber mir ist in den vergangenen Jahren wiederholt aufgefallen, dass Menschen vor dir stehen bleiben und dich bewundern, nicht jedoch uns. Nur manchmal macht einer über mich die Bemerkung: Ist das eine alte Eiche. Dabei weiß ich aber nicht einmal, ob er das bewundernd meint oder etwas abfällig.“ Und nach einer kurzen Pause fügte er hinzu: „Sei man zufrieden. Du bist nun mal auffällig anders gewachsen als wir, aber dafür bist du ein Sonderexemplar, was wir von uns nicht gerade sagen können.“
„So ist es, so ist es“, bekräftigten die Sträucher Knorres Bemerkung und nickten voller Beifall mit ihren Spitzen.
„Knorre und die Sträucher haben Recht, Süntel. Du wirst wegen deines Aussehens von den Menschen bewundert. Uns beachten sie kaum, jedenfalls gilt das für die Sträucher und für mich“, erklärte Carolina. „Bei Knorre ist das allerdings etwas anders als bei uns. Er wird manchmal auch bestaunt. Eichen werden sogar in einem Lied erwähnt. Ich erinnere mich an mehrere Männer, die im letzten Jahr auf der Bank saßen und ein Lied schmetterten, in dem es in etwa hieß, dass die Menschen aus dieser Gegend wie Eichen sturmfest und erdverwachsen seien und dass sie sogar allezeit brausenden Stürmen standhalten würden.“
„Ich habe die Männer auch grölen hören“, knurrte Knorre amüsiert. „Diese Angeber sind im Vergleich zu mir nur lächerliche Zwerge. Bereits ein herabfallender Ast von mir würde jeden von ihnen zerschmettern. Und bei Sturm, Regen oder einem Gewitter nehmen sie Reißaus, weil sie fürchten von einem abbrechenden Ast oder vom Blitz erschlagen zu werden. Sie laufen dann fluchtartig als krumme Gestalten davon, manchmal unter einem Regenschirm, und suchen

unter Dächern Schutz. Da ist nichts von sturmfest und erdverwachsen. Und an unser Alter kommen die Schönwetter- und Saalsänger nur zu einem geringen Teil heran, selbst wenn sie neunzig Jahre alt werden. Sie sollten lieber von einem Lindenbaum singen, der übrigens in Liedern viel häufiger vorkommt als eine Eiche. Das Wort Linde klingt ja auch weicher als Eiche und ist deshalb für ein Singen besser geeignet."

„Knorre hat mal wieder den Nagel auf den Kopf getroffen", riefen die Sträucher begeistert durcheinander. „Das macht seine lange Erfahrung, seine lange Erfahrung."

„Du, Carolina, wirst übrigens auch in einem Lied besungen", mischte sich Süntel in das Gespräch, „in einem besonders schönen sogar. Von mir und den Sträuchern habe ich allerdings noch nichts in einem Lied gehört."

„Wir auch nicht", riefen die Sträucher enttäuscht. „Wer besingt uns schon. Schade ist das, sehr schade." Dann fügten sie kichernd hinzu: „Du, Carolina, wirst wenigstens einmal im Jahr zu Weihnachten besungen. Wir kennen das Lied vom Tannenbaum, vom Tannenbaum, der grüne Blätter haben soll. Aber solche Tannenbäume gibt es gar nicht. Es müsste heißen: Wie grün sind deine Nadeln. Ein gediegener Tannenbaum ist das, der Blätter haben soll." Die Sträucher kicherten belustigt und konnten sich kaum beruhigen. Knorre und Süntel schmunzelten und Carolina rief den Sträuchern zu:

„Das stimmt, der Dichter des Liedes hat sich jedoch die Freiheit genommen, von Blättern zu sprechen. Das klingt besser als wie grün sind deine Nadeln."

Die Sträucher erwiderten darauf amüsiert: „Du hast für alles eine Erklärung und für fast alles Verständnis. Aber richtig ist das mit den Blättern nicht. Richtig ist das nicht."

Knorre sagte nach einem Augenblick des Schweigens sehr nachdenklich:

„Ich möchte gegenüber den Menschen nicht hochmütig werden. Sie sind uns überlegen, und sie bestimmen letztlich, wie lange wir leben sollen."

Carolina, Süntel und die Sträucher waren über die ernste Bemerkung von Knorre etwas betroffen. Sie sagten nichts dazu, aber sie wussten,

dass er Recht hatte. Hoppel, der interessiert zugehört hatte, steckte seinen Kopf unter Carolinas Zweigen hervor, blickte ängstlich nach rechts und links und rief mit verhaltener Stimme der kleinen Tanne und seinen anderen Nachbarn zu:
„Der Mähdrescherfahrer ist gerade weit weg und andere Menschen sehe ich nicht, auch keine Hunde. Ich gehe für eine Weile in den Park und vertreibe mir dort die Zeit. Ich werde ganz steif, wenn ich noch länger auf meinem Lager hocke."
„Mach das, Hoppel", ermunterte Carolina den Hasen, „sei aber vorsichtig und möglichst vor Einbruch der Dunkelheit wieder hier." „Ja, sei vorsichtig, sei vorsichtig", rieten auch die Sträucher. Carolina hatte Hoppel in ihr Herz geschlossen. Sie war um ihn besorgt, weil sie wusste, dass er gefährdet war. Auch die Sträucher, Knorre und Süntel mochten den Hasen, wenngleich ihre Beziehung zu Hoppel nicht so eng war wie die Carolinas.
Der Hase hoppelte langsam in den Park und blickte dabei vorsichtig immer wieder nach allen Seiten. Schon bald war er nicht mehr zu sehen.
Der Fahrer des Mähdreschers fuhr während der folgenden Stunden Runde um Runde und verkleinerte die Weizenfläche immer mehr. Als es dämmerig wurde, waren die letzten Halme gemäht und die Ähren gedroschen und Carolina und ihre Nachbarn hatten nur noch ein großes Stoppelfeld vor sich, auf dem in langen Reihen das ausgedroschene Weizenstroh lag. Carolina, Süntel und die Sträucher sprachen Knorre ihre Anerkennung darüber aus, dass er die benötigte Arbeitszeit für das Mähen und Dreschen richtig geschätzt hatte. Knorre war darüber mächtig stolz und erklärte scheinbar bescheiden: „Na ja, genau habe ich die Arbeitszeit ja nicht vorausgesagt. Es hätte zwischendurch auch regnen können. Dann hätte ich mit meiner Voraussage sowieso völlig daneben gelegen. Aber in etwa habe ich die zum Mähen und Dreschen benötigte Zeit schon richtig geschätzt." Und nach einer kurzen Pause fügte er hinzu: „Ihr habt mal wieder gesehen, welche Erleichterung ein Mähdrescher für die Bauern ist und wie schnell eine solch große Kornfläche damit bearbeitet werden kann. Schon die Mähmaschine, eine Art Vorgängerin vom Mähdrescher, die von zwei starken Pferden oder

von einem Trecker gezogen wurde, war eine Erleichterung gegenüber dem Mähen mit der Sense, zumal die Maschine die Halme nicht nur mähte, sondern auch mit einem Bindfaden band und dann die Bunde aufs Feld fallen ließ. Aber danach mussten sie von Menschen noch zu Schocken aufgestellt werden, nach dem Trocknen vom Feld gefahren und zum Dreschplatz oder zum Bauern gebracht werden, wo das Korn gedroschen wurde. Auf vielen, vielen anderen Gebieten haben die Menschen im Laufe der Jahrzehnte ebenfalls technische Erleichterungen bekommen. Aber mehr Zeit für sich haben sie dadurch nach meinem Eindruck nicht gewonnen. Ich verstehe das nicht. Eigentlich müssten sie heutzutage doch Zeit im Überfluss haben."

„Ja, ja, so ist es", riefen die Sträucher, „auch wir haben den Eindruck, dass die Menschen wenig Zeit haben, wenig Zeit haben. So richtige Muße zeigen nur wenige, nur wenige."

„Drückt euch nicht so gewählt aus", rief Süntel den Sträuchern zu. „Wisst ihr überhaupt, was Muße ist?"

„Natürlich wissen wir das", riefen jene etwas verärgert, weil sie das Gefühl hatten, dass Süntel sie mal wieder reizen wollte. „So dumm sind wir nicht. Du hältst dich wohl allein für besonders klug, besonders klug." Carolina und Knorre schmunzelten, aber sagten nichts dazu.

Hoppel und Büschel waren während des Tages verschwunden gewesen, kehrten aber noch vor Einbruch der Dunkelheit fast zur gleichen Zeit zu ihrem Lager zurück. Beide wirkten müde. Bevor Büschel in der Spalte von Knorres Stamm verschwand, kletterte er in die Baumspitze, blickte in die Runde und rief lauthals:

„Donnerwetter, ging das Mähen und Dreschen schnell. Wenn wir in den nächsten Tagen auf das Stoppelfeld gehen sollten, Hoppel, müssen wir sehr vorsichtig sein und darauf achten, dass wir nicht von den Stoppeln gepiekst werden. Ich werde deshalb wohl nur im Park bleiben. Da finde ich es sowieso am Interessantesten. Die spitzen Stoppeln sind unangenehm und für unsere Füße gefährlich." Dann verschwand er gähnend in der Spalte.

Hoppel war so müde, dass er Büschels Worte nicht mehr richtig wahrnahm. Er kroch unter Carolinas Zweige und schlief bald auf

seinem Lager ein. Carolina war beruhigt, dass Hoppel unversehrt zurückgekehrt war. Über Büschel machte sie sich keine Sorgen, weil er im Gegensatz zu Hoppel auf Bäume klettern konnte, wo er für Menschen und Tiere kaum erreichbar war. Auch wusste sie, dass Jäger nicht auf Eichhörnchen schießen würden.
Bevor es richtig dunkel wurde, fuhr der Mähdrescherfahrer mit seinem Gerät davon. Und bald schliefen Carolina, Süntel, die Sträucher und Knorre, dessen Schnarchen weithin zu hören war. Aber das störte die anderen nicht. Sie hatten sich im Laufe der Zeit daran gewöhnt. Am nächsten Morgen wurde eine Presse auf das gemähte Kornfeld gefahren, die das in langen Reihen liegende Stroh aufnahm, es im Innern presste und zu dicken, runden Ballen drehte. Noch am selben Tage wurden die Strohballen von einem Trecker aufgespießt, auf einen Anhänger gehoben und abgefahren. Am späten Nachmittag dieses Tages war die große Fläche nur noch ein leer geräumtes Stoppelfeld. Und Knorre brummte stolz auf sich: „Habe ich es euch nicht gesagt; keine zwei Tage hat die Ernte gedauert. Und nur jeweils ein Mann hat das alles geschafft. Ja, ja so schnell geht das heutzutage."
An den folgenden Tagen herrschte schönes, warmes Wetter und Carolina, Knorre, Süntel und die Sträucher genossen diese Zeit. Büschel stromerte wie gewöhnlich tagsüber im Park herum und Hoppel verbrachte zwei Tage auf seinem Lager unter den Zweigen der kleinen Tanne, weil er sich auf das Stoppelfeld gewagt und sich dabei eine wunde Pfote geholt hatte. Aber gefährlich war die Verletzung für ihn nicht. Schon am dritten Tag humpelte er in den Park, nachdem Carolina ihn fürsorglich ermahnt hatte, künftig vorsichtiger zu sein. Natürlich versprach Hoppel das, aber manchmal unterdrückte er seine Angst und war doch etwas wagemutig.
Dann kam ein großer Tag für Süntel, der ihn mit Stolz erfüllte, weil er für zahlreiche Schüler und Schülerinnen im Mittelpunkt stand. Knorre bemerkte am sonnigen Morgen dieses Tages, wie sich eine Gruppe Kinder im Alter von etwa zwölf Jahren auf dem Weg aus Richtung des Kurortes näherte. Es waren Schüler und Schülerinnen aus zwei Klassen, die von zwei Lehrerinnen begleitet wurden. Einige Kinder hatten Drachen bei sich, und einige trugen einen Rucksack

Als Knorre die Gruppe bemerkte, rief er seinen Nachbarn zu: „Seht mal, wer da kommt. Ich möchte wissen, was die vorhaben."
Büschel und Hoppel waren zu dieser Zeit schon wieder unterwegs. Wo sie waren, wusste keiner.
„Ich vermute, dass es Kinder aus zwei Schulklassen sind", sagte Süntel, „die beiden Frauen sind wahrscheinlich Lehrerinnen. Wohin die wohl wollen?"
Carolina und ihre Nachbarn blickten interessiert in die Richtung, aus der die Kinder kamen, die sich laut redend und zum Teil beim Sprechen schreiend näherten.
„Meine Güte, machen die einen Krach, einen Krach", riefen die Sträucher etwas missmutig. „Kinder können sich anscheinend nicht in einem vernünftigen Ton unterhalten, unterhalten. Wenn sie miteinander reden, schreien sie oder sprechen so laut, dass es alle in der Gruppe hören können. Die Lehrerinnen müssen ja nach Schulschluss Ohrensausen haben und heiser sein, heiser sein, wenn sie stundenlang gegen das Geschrei und laute Sprechen anreden müssen."
„Kinder reden nun mal meistens durcheinander und lauter als Erwachsene. Oft schreien sie auch, besonders wenn sie in einer Gruppe sind, weil sie sich dann mit ihren Meinungen gegenüber den anderen durchsetzen wollen. Das ist ganz normal", erklärte Carolina.
„Woher weißt du denn das, weißt du denn das?", fragten die Sträucher ganz erstaunt. „Du hast doch kaum Erfahrung, kaum Erfahrung."
„Doch", entgegnete Carolina. „Habt ihr denn nicht bemerkt, wie sich Kinder und Jugendliche unterhalten haben, wenn sie mal hier auf dem Weg vorbeigegangen sind? Sie sprachen meistens auffallend laut. Erwachsene konnten wir während des Vorbeigehens kaum verstehen. Nur wenn sie auf der Bank saßen, haben wir mitbekommen, was sie untereinander redeten."
„Du hast gut beobachtet", brummte Knorre anerkennend.
„Wenn ihr eure Augen und Ohren mehr aufgesperrt hättet, anstatt immer nur durcheinander zu palavern, hättet ihr das inzwischen auch bemerkt", stichelte Süntel zum Ärger der Sträucher. Bevor sie jedoch beleidigt darauf reagieren konnten, war die Gruppe

da und die eine Frau rief mit lauter Stimme den Kindern zu: „Hier bleiben wir einige Zeit. Breitet eure Decken auf dem Gras unter der Eiche aus und esst und trinkt erst mal. Danach dürft ihr eure Drachen auf dem Stoppelfeld steigen lassen oder spielen. Ihr dürft auch in der Buche herumklettern. Seid aber vorsichtig, dass euch nichts passiert.“
Darauf redeten und schrieen die Kinder noch lauter durcheinander als sie es schon vorher getan hatten. Die Sträucher beobachteten sie so interessiert und gleichzeitig misstrauisch, dass sie Süntels spitze Bemerkung schnell vergaßen. Auch Carolina, Knorre und Süntel blickten voller Interesse auf die Kinder hinab und freuten sich über ihr lebhaftes Treiben unter der Eiche und auf dem Weg. Als sich drei Jungs auf die Rückenlehne der Bank setzten und begannen, ihre Butterbrote zu essen, wurden sie von einer Lehrerin energisch aufgefordert, sofort von der Rückenlehne herunterzukommen und sich, wie sie sagte, vernünftig auf die Bank zu setzen.
„So setzt man sich nicht auf eine Bank“, rief sie den drei Jungs zu, „das ist eine Unsitte, die ich schon wiederholt beobachtet habe. Sollen sich etwa andere Leute auf die Stellen setzen, auf denen ihr schon mit euren schmutzigen Schuhen herumgetrampelt habt? Runter von der Lehne. Ich möchte so etwas nicht noch einmal erleben. Ich verstehe nicht, wie man sich auf diese Weise auf eine Bank setzen kann. Das Sitzen auf der Rückenlehne ist doch völlig unbequem.“
Die Kinder kamen der Aufforderung ihrer Lehrerin murrend nach und setzten sich auf die Sitzfläche der Bank. Gleichzeitig lachten sie aber und schubsten sich gegenseitig zur Seite.
„Rück weiter nach rechts, du Arsch“, forderte der Schüler, der in der Mitte saß, seinen rechten Nachbarn lauthals auf, „ich habe zu wenig Platz“
„Lass das Schubsen, du Idiot“, erwiderte der am rechten Rand der Bank sitzende Junge. „Mir spritzt die Brause aus der Flasche und macht meine Hose nass.“ Der links sitzende Junge meinte, es sei Scheiße, auf der Sitzfläche der Bank zu sitzen, er hocke viel lieber auf der Lehne.
„Meine Güte, meine Güte, haben die eine Ausdrucksweise“, rie-

fen die Sträucher entsetzt durcheinander, „die können sich nicht nur nicht vernünftig auf eine Bank setzen, eine Bank setzen, die können auch nicht miteinander sprechen, wie es sich gehört, wie es sich gehört. Was soll aus denen bloß mal werden?"
Aber die Sträucher waren froh, dass die drei Jungs nicht mehr auf der Rückenlehne der Bank saßen und jetzt etwas weiter entfernt von ihnen waren. Sie hatten schon befürchtet, von den Kindern, die vorher auf der Rückenlehne gesessen hatten, beschädigt zu werden. Sie standen nämlich nur etwa einen halben Meter von der Rückenlehne der Bank und rechts und links vom Ende ihrer Sitzfläche entfernt.
„Was heißt schon miteinander reden, wie es sich gehört", warf Süntel verständnisvoll ein, „Kinder haben nun mal häufig eine derbe Ausdrucksweise, die man nicht auf die Goldwaage legen sollte. Schimpfwörter meinen sie meistens nicht ernst und der damit Gemeinte empfindet sie meistens auch nicht als Schimpfwörter."
„Trotzdem ist es nicht in Ordnung, wenn Kinder in dieser Weise miteinander reden", erklärte Carolina. „Wenn sie sich zu sehr an Wörter wie Arsch, Idiot oder Scheiße gewöhnen, werden sie später nicht in der Lage sein, für das, was sie ausdrücken wollen, die zutreffenden Worte zu finden. Wenn ihnen dann etwas nicht gefällt, ist es eben Scheiße, und wenn sie einen Menschen nicht mögen, ist der eben ein Arschloch oder ein Idiot. Andere Worte fallen ihnen dann nicht mehr ein. Das finde ich schlimm für die Kinder."
„Respekt, Respekt, Carolina, du hast mal wieder Recht", brummte Knorre anerkennend. „Aber leider gibt es auch viele Erwachsene, die sich oft einer solchen Ausdrucksweise bedienen, obwohl sie intelligent sind und sich durchaus gewählter ausdrücken könnten. Aber es ist für sie bequemer, etwas Unangenehmes als Scheiße zu bezeichnen. Zumindest in Gegenwart von Kindern sollte man sich als Erwachsener jedoch nicht so ausdrücken. Doch seht mal, die eine Lehrerin geht auf die drei zu und will ihnen wohl eine Standpauke halten."
Knorre hatte richtig vermutet. Eine Lehrerin stellte sich vor die drei auf der Bank sitzenden Jungs und forderte sie mit energischer Stimme auf, derartige Ausdrücke künftig zu unterlassen.

„Ich möchte so etwas nicht wieder hören", erklärte sie und richtete dabei ihren rechten Zeigefinger auf die drei Schüler. „Habt ihr das verstanden?"
„Ja", erwiderten die drei etwas kleinlaut, grinsten dabei aber ein bisschen, weil sie die Worte ihrer Lehrerin wohl nicht ganz ernst nahmen.
„Gut so, gut so", freuten sich die Sträucher, „diese Lehrerin passt wenigstens auf, was ihre Schüler sagen, Schüler sagen und überhört nicht einfach ihre flegelhaften Äußerungen."
„Manche Lehrer und Lehrerinnen tun das aber", rief Süntel den Sträuchern zu.
„Weil es für sie bequemer ist", brummelte Knorre. „Welcher Lehrer und welche Lehrerin will sich denn schon mit Kindern auseinandersetzen, die so reden. Das wäre für sie anstrengend und wahrscheinlich auch erfolglos. Viele Kinder haben sowieso keine gewählte Ausdrucksweise und verwenden oft die Fäkaliensprache, weil sie für sie einfacher ist. Aber ich sagte bereits, dass sich leider auch viele Erwachsene in einer solchen Sprache ausdrücken. Schwierig wird es für sie allerdings dann, wenn sie sich mal schriftlich äußern müssen. Dann mögen sie nämlich nicht so ohne weiteres schreiben, dass etwas Scheiße ist oder dass jemand ein Idiot oder ein Arschloch ist. Und wenn sie es trotzdem tun, wird es ihnen nicht gelingen, diese Ausdrücke näher zu begründen, weil Scheiße und Arschloch ganz bestimmte Dinge sind, die auf unangenehme Ereignisse beziehungsweise auf Personen nicht passen. Bei dem Ausdruck Idiot mag das anders sein; aber einen wirklichen Idioten bezeichnet man aus Rücksicht auf seine Krankheit und aus Mitleid mit ihm in der Regel nicht so."
Danach schwiegen Knorre, Carolina, Süntel und die Sträucher und beobachteten die Schülerinnen und Schüler. Die Kinder saßen, miteinander redend, auf Decken und auf dem Gras unter der alten Eiche und drei auf der Bank, aßen ihre Butterbrote und tranken ihre mitgebrachten Getränke. Das dauerte weniger als eine halbe Stunde. Dann aber kam Leben in die Gruppe. Einige Kinder ließen ihre Drachen über dem Stoppelfeld steigen, andere spielten Verstecken und Kriegen und liefen dabei in den Park und weit aufs

Stoppelfeld. Die meisten aber kletterten in Süntel herum, der darüber so erfreut war, dass seine Äste noch verdrehter und kringeliger wurden als sie ohnehin schon waren.
„Wir werden von den Kindern nicht beachtet, nicht beachtet“, riefen die Sträucher enttäuscht. „Uns blicken sie nicht einmal an.“
„Das ist doch klar“, amüsierte sich Carolina. „Was bietet ihr denn schon Interessantes für die Kinder? In euch können sie nicht einmal herumklettern, in meinen dünnen Ästen allerdings auch nicht und Knorres Äste sind für sie viel zu hoch.“
Knorre schmunzelte über die Enttäuschung der Sträucher und flüsterte ihnen zu, als befürchtete er, von den Kindern verstanden zu werden:
„Nun lasst Süntel doch die Freude. Sie tut ihm gut. Er leidet ohnehin etwas darunter, dass er so ganz anders aussieht als wir. Ihr habt es ja neulich von ihm gehört. Er hat anscheinend noch nicht begriffen, dass er besonders stolz auf sein Aussehen sein kann. Die Menschen bewundern ihn, nicht uns. Wir sind nichts Besonderes für sie.“
Plötzlich erschien die Amsel, setzte sich auf die Spitze der kleinen Tanne und flötete ganz überrascht:
„Was ist denn hier los? So viel Trubel um euch herum habe ich ja noch nie erlebt. Süntel scheint es ja zu gefallen. Er strahlt vor Freude aus allen Ästen und Blättern.“
„Wo kommst du denn plötzlich her?“, wollte Carolina wissen. „Du hast dich ja wochenlang hier nicht blicken lassen.“
„Das stimmt“, antwortete der Vogel, „ich bin im Park und im Kurort herumgeschwirrt. Da gibt es sehr viel Interessantes zu sehen. Was meinst du wohl, was da für piekfeine Leute herumlaufen. Na ja, nicht alle sind fein gekleidet, aber doch die meisten. Manchmal könnte man glauben, sie seien alle wohlhabend. Aber so ist es sicher nicht. Arme Schlucker werden auch darunter sein.“ Dann beobachtete auch die Amsel die spielenden Kinder. Nach einer Weile fuhr sie flüsternd fort: „Knorre braucht nicht zu sehen, dass ich hier bin. Ich glaube, er hat noch nicht vergessen, dass ich ihn neulich angekleckert habe.“ Carolina und der Vogel kicherten leise vor sich hin.

„Er ist aber nicht nachtragend“, flüsterte Carolina zurück, um Knorre und die Sträucher nicht auf den Vogel aufmerksam zu machen.“ Er nimmt auf Grund seines Alters fast alles gelassen. Wenn er wie damals mal schimpft, ist das nicht ernst gemeint. Im Übrigen hat der Regen deine Kleckerei längst abgespült.“
„Dann bin ich ja beruhigt“, erwiderte die Amsel darauf, „verderben möchte ich es mit Knorre nämlich nicht.“
Knorre und die Sträucher hatten zunächst nicht bemerkt, dass sich die Amsel auf der Spitze der kleinen Tanne niedergelassen hatte. Sie beobachteten so fasziniert das Spielen und Klettern der Kinder, dass sie kein Auge dafür hatten, was sonst um sie herum geschah. Süntel sah ohnehin nur die Schülerinnen und Schüler, die in ihm herumkletterten. Plötzlich jedoch bemerkte Knorre den Vogel.
„Sieh an, sieh an, die Flötistin lässt sich mal wieder bei uns blicken“, rief er der Amsel zu und machte damit auch die Sträucher auf den Vogel aufmerksam.
„Lange nicht gesehen, lange nicht gesehen“, schnatterten diese durcheinander. „Hier bei uns ist es heute spannend, hier ist was los, was los.“
„Ich sehe es“, zwitscherte der Vogel und fügte etwas ironisch hinzu: „Es wurde ja auch Zeit, dass ihr mal was anderes erlebt als nur Landschaft, einige Tiere und ein paar Menschen, die hier vorbeigehen oder sich mal für einige Minuten auf die Bank setzen und sich etwas erzählen. Zu beneiden seid ihr nicht gerade.“
„Nun tu man nicht so, als würdest du jeden Tag spannende Abenteuer erleben“, erwiderte Knorre etwas gereizt.
„Nein, das nicht“, flötete die Amsel zurück, „aber etwas interessanter als hier ist es im Kurort schon. Dort ist nämlich zur Zeit mein Zuhause, jedenfalls bis zum Frühjahr. Dann komme ich zu Carolina zurück und baue in ihren Zweigen ein neues Nest. Bis dahin, Knorre, kannst du morgens ausschlafen. Das Vogelgezwitscher ist jetzt für einige Monate vorbei. Ich nehme an, dass du das inzwischen bemerkt hast.“
„Stimmt“, knurrte Knorre, „aber einer von deiner Gattung macht immer noch Lärm. Der scheint nicht ganz dicht im Kopf zu sein. Der hüpft an Baumstämmen herum und hackt mit seinem langen

Schnabel schnell hintereinander gegen die Rinde. Wie der das bloß aushält. Andere hätten schon längst Kopfschmerzen davon."

„Du meinst den Specht, der hier im Park sein Revier hat", piepste die Amsel. „Der kann das ab, ohne Kopfschmerzen zu bekommen. Der macht das, weil er Insekten und deren Larven aus der Baumrinde hervorscheuchen will oder gleich heraushackt, um sie dann zu verzehren."

„Ich weiß, ich weiß", antwortete Knorre, „trotzdem wundere ich mich seit jeher, dass Spechte keinen Brummschädel bekommen von ihrer dauernden Hackerei gegen die Stämme der Bäume."

Die Amsel war froh, dass Knorre nicht auf ihr Verhalten vor einigen Wochen zu sprechen kam, als sie ihn beim Vorbeifliegen bekleckert hatte. Sie hoffte, dass er den Vorfall inzwischen vergessen hatte. Aber so war es nicht; denn als sie ankündigte, wieder in den Kurort zurückzukehren, machte Knorre die Bemerkung, sie solle einen großen Bogen um ihn herum fliegen und ihn nicht wieder beschmutzen. Bevor der Vogel von Carolinas Spitze startete, erzählte er noch, im Kurort werde er manchmal von Leuten, die auf einer Bank säßen, mit Brotkrumen gefüttert. Wahrscheinlich seien es Reste vom Frühstück. Dann rief er laut zu Knorre hinüber, dieses Mal brauche Knorre keine Angst zu haben, bekleckert zu werden.

„Vielleicht aber beim nächsten Mal. Wer weiß?", ergänzte er lachend. „Macht es gut." Dann hob er ab und verschwand in Richtung Park.

„Mach' es auch gut und lasse dich im Kurort verwöhnen", riefen Carolina und die Sträucher der Amsel noch nach. Danach beobachteten sie wieder die Kinder. Auch Knorre tat das. Süntel hatte vom Besuch der Amsel nichts mitbekommen. Er konzentrierte sich ganz auf die Kinder, die in ihm herumkletterten. Carolina beneidete die Amsel ein bisschen darum, dass sie so frei war und überall hinfliegen konnte. Sie hätte gern auch einmal in den Kurort geblickt und dort die Menschen betrachtet und belauscht. Aber sie wusste, dass ihr das nicht vergönnt war. Sie war an ihren Standort gebunden und letztlich war sie damit auch zufrieden. Sie hörte, wie ein Junge, der auf einem dicken Ast von Süntel stand, einem anderen Jungen mit lauter Stimme zurief: „Ich bin höher wie du; komm mal nach

mir hoch."
„Du bist ja auch sportlicher wie ich und kannst besser klettern wie ich. Ich will aber trotzdem versuchen, nach dir hoch zu kommen", erwiderte der Junge, der aufgefordert worden war, höher zu klettern. Zu dieser Zeit standen die beiden Lehrerinnen auf dem Weg unter der Eiche und beobachteten aufmerksam das Spielen und Klettern der Kinder. Carolina hörte, dass die eine Lehrerin enttäuscht und gereizt zugleich zu ihrer Kollegin sagte:
„Es darf nicht wahr sein. Da habe ich erst vor gut zwei Wochen in meiner Klasse mit den Kinder besprochen, wann es ‚wie' und wann es ‚als' heißen muss und wann ‚zu' und wann ‚nach'. Und nun dieses. Vorhin habe ich schon von einer aus deiner Klasse gehört, von der da drüben mit der roten Hose, dass sie zu einer aus meiner Klasse sagte: Geh mal weiter nach Dieter rüber, sonst stoßen unsere Drachen zusammen. Und der Angesprochene antwortete prompt: Die Drachen stoßen nicht zusammen, weil meiner höher fliegt wie deiner. Ich verstehe nicht, warum viele Kinder nicht begreifen, wie es richtig heißen muss."
„Ich verstehe es auch nicht", antwortete die andere Lehrerin, „wahrscheinlich sprechen die Eltern auch falsch. Und wenn Kinder Tag für Tag etwas Falsches hören, ist es nicht verwunderlich, wenn auch sie die gleichen Fehler machen. Da können wir in der Schule noch so viel erklären – nützen wird es bei den meisten wahrscheinlich nichts. Andererseits gibt es Gott sei Dank aber auch einige, die es anscheinend begriffen haben."
„Das stimmt", erklärte die Lehrerin, die zuerst gesprochen hatte. „Ich gebe die Hoffnung nicht auf, dass auch die anderen Kinder allmählich begreifen, wie es richtig heißen muss. Ich meine, wir sollten noch einmal darauf hinweisen, was einige falsch gemacht haben." Dann holte sie eine Trillerpfeife aus ihrer Hosentasche, pfiff damit dreimal und rief danach mit lauter Stimme: „Alle mal herkommen. Aber ihr im Baum, seid vorsichtig beim Heruntersteigen."
Süntel, der das Gespräch zwischen den beiden Lehrerinnen nicht mitbekommen hatte, erschrak etwas, als die Schülerinnen und Schüler, die in ihm herumkletterten, plötzlich nach unten stiegen.
„Warum denn das?", fragte er etwas irritiert seine Nachbarn. „Weiß

ich nicht. Aber wir werden es wohl gleich hören“, brummte Knorre, der ebenfalls nicht wusste, warum die Kinder zu den Lehrerinnen kommen sollten. Die Sträucher plapperten aufgeregt durcheinander: „Da sind wir aber gespannt, was das gibt, was das gibt.“ Sie hatten ebenfalls keine Ahnung, was die Lehrerinnen mit ihren Schülerinnen und Schülern vorhatten. Nur Carolina wusste, worum es ging, und war neugierig, was da kommen würde. Die Kinder versammelten sich unter der Eiche um die Lehrerinnen herum. Die meisten taten das murrend, und einige riefen lauthals:

„Was ist denn los? Warum dürfen wir nicht weiterspielen?“

„Ihr dürft gleich weitermachen“, versprach die Lehrerin mit der Trillerpfeife. „Aber erst einmal möchte ich etwas mit euch besprechen.“

Dann wiederholte sie die Sätze, die sie von einigen Kindern gehört hatte. Sie sprach sie einzeln langsam noch einmal nach. Anschließend fragte sie: „Ist das richtig, was ihr eben gehört habt?“ Die Kinder, die aufmerksam zuhörten, schwiegen zunächst. Dann aber verbesserten einige Mädchen die falsch gesprochenen Sätze; aber sie taten es etwas zögerlich und unsicher. Die Jungs schwiegen allesamt. Anscheinend wussten sie nicht, wie es richtig heißen musste.

Die Lehrerin mit der Trillerpfeife sagte dann: „Wir haben doch neulich im Unterricht darüber gesprochen. Ich erkläre es euch jetzt noch einmal. Und danach möchte ich es von euch nicht wieder falsch hören. Also: Wenn jemand höher, besser, schneller, schöner ist als ein anderer, muss es ‚als’ heißen. Zum Beispiel: Jörg klettert höher als Fred, er ist besser als Hans und schneller als sein Bruder, aber kleiner als seine Schwester und er hat mehr Mut als Klaus. Diese Eiche ist größer als die Buche da drüben. Der Sommer ist schöner als der Winter. Wenn ihr also zum Beispiel Personen, Gegenstände, Zeiten oder Vorgänge miteinander vergleicht, die in irgendeiner Hinsicht ungleich sind, heißt es ‚als’. Alles klar?“ Die Lehrerin sprach dabei sehr langsam und betonte jeweils besonders das ‚als’. Die Kinder schrieen nach der Frage der Lehrerin wie einstimmig:

„Ja“.

„Na ja“, sagte die andere Lehrerin, „so ganz sicher bin ich mir nicht.

Es muss ‚wie' heißen, wenn ihr sagt: Du bist so groß wie ich, so gut wie ich, so schnell wie ich, so froh wie ich. Dieser Berg ist so hoch wie jener. Habt ihr den Unterschied jetzt verstanden?"
Die Kinder schrieen wieder:
„Ja".
„Hoffentlich", antwortete die Lehrerin. Und als ein Mädchen etwas verlegen erklärte, ihr Papa und ihre Mama sagten aber immer nur ‚wie' in solchen Fallen und ihr Onkel und ihre Tante sagten das auch, antwortete die Lehrerin mit der Trillerpfeife: „Dann sag deinen Eltern, wenn sie wieder mal so sprechen, dass das falsch ist. Deinem Onkel und deiner Tante sag das ebenfalls. Ist es nicht schön, wenn du es besser weißt wie deine Eltern und deine Verwandten" Dabei schmunzelte sie und nach einem Augenblick fragte sie: „War das richtig, was ich im letzten Satz gesagt habe?"
„Nein!", schrieen die Kinder.
„Wie muss es denn richtig heißen?", fragte die Lehrerin weiter. „Besser als", schrieen die Kinder.
„Gut so", freute sich die Lehrerin, „vielleicht klappt es ja in Zukunft. Und wenn es einer von euch mal wieder falsch machen sollte, verbessert ihn. Das ist nicht schlimm. Auf diese Weise lernt ihr beide. Der eine wird dadurch sicherer und der andere wird es durch die Verbesserung irgendwann auch begreifen."
„Dürfen wir denn fremde Erwachsene auch verbessern?", fragte ein Mädchen etwas kleinlaut.
„Hm, na ja, das ist so eine Sache", antwortete die Lehrerin verunsichert. „Ich selbst hätte nichts dagegen, wenn ich verbessert würde. Aber ihr müsst damit rechnen, dass einige Erwachsene unwirsch reagieren und euch als unhöflich und als Grünschnabel bezeichnen. Falls ihr es tut, dann aber nur, wenn andere es nicht mithören. Dann braucht sich der fremde Erwachsene nämlich nur euch gegenüber wegen seines Fehlers zu schämen – wenn er es denn überhaupt tut."
Die andere Lehrerin erklärte nach einer kurzen Pause:
„Dann noch etwas: Einer von euch hat vorhin gesagt: Komm mal nach mir hoch. Und eine von euch hat eine andere aufgefordert: Geh mal weiter nach Dieter rüber. Ist das richtig?" Als niemand ant-

wortete, sprach sie ein Mädchen an: „Karin, du weißt das sicherlich. Wie muss es richtig heißen?"
Die gefragte Karin zögerte etwas unsicher. Dann aber antwortete sie:
„Ich glaube, das war falsch."
„Und wie muss es richtig heißen?", fragte die Lehrerin nach.
„Zu mir hoch und zu Dieter rüber."
„Gut, Karin", lobte die Lehrerin das Mädchen. „Aber ihr anderen solltet das ebenfalls wissen. Auch darüber haben wir neulich erst gesprochen. Habt ihr denn das schon wieder vergessen?"
„Nein", antworteten einige Kinder. Aber die meisten schwiegen. Wahrscheinlich war bei diesen nichts mehr davon in Erinnerung geblieben.
„Ich will euch noch einmal erklären, wann es ‚zu' und wann es ‚nach' heißen muss", setzte die Lehrerin ihre Belehrung fort. „Also: Wenn sich ‚zu' auf eine Person bezieht, heißt es ‚zu'. Zum Beispiel: Ich gehe zu meinem Vater, zu meiner Tante, Karin geht zu ihrem Bruder, zu Jochen, zu Helga. Komm zu mir, ich komme zu dir. Es heißt aber nicht: Ich gehe nach meinem Vater, nach meiner Tante oder komm heute Abend nach mir."
Auch bei dieser Erläuterung sprach die Lehrerin langsam und betonte besonders das ‚zu'. Dann fuhr sie fort: „Aber es heißt ‚nach', wenn ihr einen Ort meint, den ihr aufsuchen wollt oder wenn ihr in ein Land reisen wollt. Zum Beispiel: Ich fahre nach Hamburg, nach Hannover, nach Berlin oder ich reise nach England, nach Holland, nach Italien und so weiter."
Dann schwieg sie eine Weile und blickte die Kinder lächelnd und etwas erwartungsvoll an. Anschließend sagte sie: „Ich hoffe, ihr habt es jetzt kapiert. Nun spielt weiter. Du, Karin, bleibst noch einen Moment hier. Ich möchte etwas mit dir besprechen. Danach kannst du wieder nach den anderen gehen."
„Falsch!", schrieen die Kinder, „falsch!"
„Und wie muss es richtig heißen?", fragte die Lehrerin erfreut und lachte jetzt breit.
„Zu den anderen gehen!", schrieen die Kinder.
„Prima", lobte die Lehrerin. „Auch du, Karin, darfst jetzt

weiterspielen. Ich wollte nur mal feststellen, ob ihr den Fehler bemerkt."
Die Kinder stoben laut sprechend und schreiend auseinander und setzten ihre Spiele und ihr Klettern in Süntel fort. Carolina hatte die Erklärungen der beiden Lehrerinnen aufmerksam verfolgt. Gern hätte sie eine Frage gestellt; doch sie konnte die Sprache der Menschen zwar verstehen, aber nicht sprechen.
„Habt ihr alles mitbekommen?", fragte sie ihre Nachbarn.
„Aber ja", antworteten diese, wobei Süntel allerdings etwas uninteressiert wirkte, weil er sich hauptsächlich wieder auf die Kinder konzentrierte, die in ihm herumkletterten. Knorre meinte auf Carolinas Frage jedoch:
„Das war ja ganz interessant. Aber ist das alles so wichtig? Zumindest in meinem Alter ist es doch eigentlich egal, wie ich spreche. Hauptsache, ich werde verstanden."
„Nein, nein", protestierten die Sträucher, „richtiges Sprechen ist auch für Ältere wichtig, für Ältere wichtig."
„Das stimmt", unterstützte Carolina sie, „man fühlt sich sicherer, wenn man weiß, dass man korrekt spricht. Zumindest gilt das für Vorsichtige. Auf jeden Fall ist richtiges Sprechen und Schreiben für Menschen wichtig. Allerdings gibt es auch solche, die einfach drauf los reden, egal, ob es richtig oder falsch ist. Das sind oft diejenigen, die gar nicht merken, wenn sie etwas falsch sprechen. Meistens sind das solche, die sehr selbstbewusst und von sich überzeugt sind. Manchmal sind es auch Großmäuler." Nach einer Weile wandte sie sich an Knorre: „Sag mal, Knorre, die Lehrerinnen haben doch vorhin erklärt, wann es ‚nach' und wann es ‚zu' heißen muss. Danach ist es richtig, wenn man sagt: Ich fahre nach Hannover, nach Berlin, nach England und so weiter. Aber man sagt doch: Ich fahre zur Stadt und zum Bahnhof. In diesen Fällen bezieht sich ‚zu' doch nicht auf Menschen. Müsste es da nicht richtig heißen: Ich fahre nach der Stadt und nach dem Bahnhof?"
„Ganz schön schlaue Frage, schlaue Frage", riefen die Sträucher durcheinander. „Aber es stimmt. Man sagt: Ich gehen oder fahre zur Stadt und zum Bahnhof und nicht nach der Stadt oder nach dem Bahnhof. Wie ist das zu erklären, Knorre?" Jener überlegte und

sagte nach einiger Zeit mit dunkler Stimme:
„Wenn ich das wüsste. Aber ihr habt Recht. Im allgemeinen Sprachgebrauch sagt man: Ich gehe zum Bahnhof, zum Marktplatz, zur Stadt. Beim Bäcker oder Kaufmann zum Beispiel ist das klar. Da handelt es sich ja um Personen, die man aufsuchen will. Also muss es heißen: Ich gehe zum Bäcker oder zum Kaufmann. Vielleicht ist zum Bahnhof oder zur Stadt eine besondere Art dichterischer Freiheit."
Süntel, der die Antwort von Knorre mitbekommen hatte, amüsierte sich: „Dichterische Freiheit. Dann müssten ja alle, die so etwas sagen, Dichter sein. Da muss ich mal wieder lachen..."
„Silberhell, silberhell", unterbrachen ihn die Sträucher lauthals, „lache doch endlich mal anders als immer nur silberhell, immer nur silberhell. Im Übrigen lachst du gar nicht, wenn du das sagst. Wenn du wenigstens laut lachen würdest, laut lachen würdest."
„Zerbrecht euch von mir aus den Kopf über Carolinas Frage", schmollte Süntel. „Ich habe jetzt was anderes zu tun." Damit meinte er, die Kinder zu beobachten, die wieder in ihm herumkletterten. Carolinas Frage blieb unbeantwortet. Auch sie, Knorre und die Sträucher verfolgten jetzt das Spielen der Kinder auf dem Stoppelfeld, die Bewegungen der Drachen, die im schwachen Wind langsam nach rechts und links schwebten, und das Klettern der Kinder auf Süntels Ästen. Es war für Carolina, Knorre, Süntel und die Sträucher ein interessanter und lehrreicher Vormittag. Und als die Lehrerinnen und die Kinder gegen Mittag in Richtung des Kurortes weggingen, waren alle ein bisschen traurig.
Am späten Nachmittag dieses Tages erschien Hoppel, der voller Stolz erzählte, er sei jenseits des Parks gewesen, wo er auf einem Feld von einem Dackel verfolgt worden sei, den er aber durch Hakenschlagen leicht habe hinter sich lassen können.
„Der hatte keine Chance", erzählte er amüsiert. „der lief immer noch eine Strecke geradeaus, wenn ich plötzlich nach rechts oder links abbog. Der konnte keine Haken schlagen. Ich brauchte mich überhaupt nicht anzustrengen, um ihn abzuschütteln. Der Dackel wurde allmählich so müde, dass er aufgab, mich zu verfolgen, und mit gesenktem Kopf und aus dem Maul hängender Zunge von dan-

nen wackelte."
„Sei froh, dass du keinem Jagdhund begegnet bist", rief Süntel dem Hasen zu. „Dackel können wegen ihrer krummen Beine schon geradeaus nicht schnell laufen und wenn du Haken schlägst, sind sie dir sowieso unterlegen, weil sie ihre krummen Beine nicht so schnell in eine andere Richtung lenken können. Aber es ist gut, dass du wieder hier bist."
„Ja, es ist gut, Hoppel, dass du wieder bei uns bist und dass du vor allem unverletzt geblieben bist", sagte Carolina besorgt. „Aber wenn du wieder mal einem Hund begegnest, verstecke dich lieber, auch wenn es nur ein Dackel ist."
„Ja, Hoppel, Carolina hat Recht, du solltest kein Risiko eingehen, kein Risiko eingehen", rieten die Sträucher fürsorglich.
„Macht euch keine Sorgen, ich passe schon auf. Aber jetzt bin ich sehr müde", gähnte Hoppel, „ich lege mich gleich schlafen." Dann suchte er sein Lager unter der kleinen Tanne auf und kurz danach war er eingeschlafen. Carolina hörte beruhigt sein gleichmäßiges Atmen.
Büschel erschien erst am späten Abend wieder.
„Du hast heute Morgen etwas versäumt", riefen ihm die Sträucher zu, als er unter der Eiche saß und sich putzte. „Du hast wirklich etwas versäumt."
„Wieso, was habe ich denn versäumt", frage Büschel neugierig. „Du hättest viel lernen können, wenn du hier gewesen wärest", erklärte Knorre, während Süntel belustigt äußerte:
„Ihr glaubt doch wohl nicht im Ernst, dass Büschel daran interessiert ist, wie man in bestimmten Fällen richtig spricht. Wenn er hätte lernen können, wie er sein Aussehen verschönern kann, wäre sein Interesse sicher groß gewesen. Er stromert lieber im Park herum und lässt sich von den Menschen bewundern."
„So ist es, Süntel", kicherten die Sträucher, „so ist es. Büschel ist nur auf sein Äußeres bedacht, Äußeres bedacht."
Carolina versuchte Büschel mit den Worten in Schutz zu nehmen:
„Aber er war doch heute Morgen nicht hier, als die Kinder erschienen. Deshalb könnt ihr ihm doch nicht so ohne weiteres unterstellen, dass er kein Interesse am Lernen hat. Das finde ich nicht rich-

tig.“
„Ich habe mehr Interessen als ihr denkt“, wandte sich Büschel etwas beleidigt an Süntel und die Sträucher. Mir ist nicht nur mein Aussehen wichtig.“
Süntel wollte ihn auf die Probe stellen und sagte listig:
„Ich meine, Büschel, dass es heißen muss: Mehr Interessen wie ihr denkt.“ Knorre grinste und Carolina und die Sträucher warteten gespannt auf die Reaktion von Büschel.
„Du willst mich wohl auf den Arm nehmen, du Armleuchter“, rief Büschel verärgert zu Süntel hinüber. „Natürlich heißt es ‚als'. So dumm wie du vielleicht denkst bin ich nicht. Möglicherweise bin ich sogar klüger als du, Süntel, nicht klüger wie du, klüger als du, muss es heißen. Wenn du das meinst, was ich heute Morgen hätte lernen können, dann habe ich nichts versäumt. Das weiß ich bereits.“
„Donnerwetter“, sagte Süntel überrascht und etwas kleinlaut, „der weiß tatsächlich Bescheid. Das hätte ich nicht gedacht.“
„Das hätten wir auch nicht gedacht“, riefen die Sträucher etwas irritiert durcheinander, „das hätten wir auch nicht gedacht.“
„Ihr könnt mich mal, ihr Schlaumeier“, erklärte Büschel etwas triumphierend und inzwischen amüsiert. „Ich wünsche euch, dass ihr heute Nacht schlechter schlaft als ich – nicht wie ich, Süntel, sondern als ich. Merke dir das. Dir aber, Carolina, wünsche ich, dass du tiefer und länger schläfst als ich. Mach's gut, bis morgen.“
Dann flitzte er an Knorres Stamm hoch und verschwand in der Spalte. Knorre, Süntel und die Sträucher waren verdutzt und wussten nicht, was sie sagen sollten. Carolina aber freute sich insgeheim über Büschels schlagfertige Reaktion.
„Büschel sieht nicht nur gut aus“, brummte Knorre nach einer Weile, „er kann sich auch richtig ausdrücken. Alle Achtung. Das hätte ich nicht gedacht.“
„Ja, ja, so unterschätzt man manchmal einen anderen“, gab Süntel etwas kleinlaut zu verstehen und die Sträucher stimmten ihm nickend zu. Danach schwiegen alle. Und nach einigen Minuten waren Knorre, Süntel und die Sträucher eingeschlafen. Knorres Schnarchen war weit über das Feld und bis in den Park hinein zu

hören. Nur Carolina war noch eine Zeit lang wach. Sie dachte über das Erlebte am Vormittag nach und beobachtete etwas verträumt, wie sich allmählich die Dunkelheit über den gegenüberliegenden Berg, über die kleine Stadt in der Ferne und überhaupt über die ruhige Landschaft legte. Sie liebte die langen Tage des Sommers, die Sonne und das satte Grün der Natur. Und sie genoss diese Zeit.

An den folgen Tagen geschah nichts Besonderes. Hin und wieder setzten sich ältere Menschen auf die Bank zwischen den Sträuchern und erzählten sich etwas über ihre Angehörigen, über ihre Kur im Kurort oder über andere Dinge, die aber für Carolina, die Sträucher, Knorre und Süntel belanglos waren. Büschel und Hoppel hörten davon ohnehin nichts, da sie tagsüber meistens unterwegs waren. Einmal erschienen für kurze Zeit auch das Mädchen Carolina, seine Eltern und seine kleine Schwester, die im Kinderwagen jetzt schon fast sitzen konnte. Die kleine Tanne freute sich über diesen Besuch ganz besonders.
Eines Morgens jedoch – es war ein Sonntag, die Sonne schien, und es war fast windstill – riefen die Sträucher plötzlich aufgeregt:
„Da hinten überqueren mehrere Reiter die Straße in Richtung Stoppelfeld. Knorre, kannst du erkennen, wer dabei ist? Vielleicht sind es dieselben, die bereits im vergangenen Jahr und im Jahr davor hier waren, hier waren."
Carolina, die noch nicht so richtig wach war, wurde jetzt putzmunter und blickte in Richtung Straße. Auch Süntel tat das. Knorre, der noch im Halbschlaf war, wurde plötzlich hellwach und bemerkte die Reiter ebenfalls.
„Fünf sind es", rief er begeistert den anderen zu, „das wird hoffentlich wieder spannend wie im letzten Jahr. Erkennen kann ich die Reiter jedoch noch nicht. Sie sind gleich auf dem Stoppelfeld." Und nach einigen Augenblicken fügte Knorre hinzu:
„Die Pferde wollen anfangen zu galoppieren. Sie sind – wie häufig vor einem großen Feld – sehr angespannt und unruhig. Die Reiter halten sie aber noch zurück." Alle blickten gebannt in Richtung Straße.
„Jetzt geht es los. Sie reiten im gestreckten Galopp und im leichten Sitz parallel zur Straße", berichtete Knorre, Satz für Satz betonend

wie ein Sportreporter im Rundfunk. „Vielleicht reiten sie einen großen Linksbogen und kommen wieder zu uns her. Wie im letzen Jahr."
Büschel, der durch das laute Gespräch aufmerksam geworden war, streckte seinen Kopf aus Knorres Spalte und nörgelte etwas unwirsch:
„Müssen die uns ausgerechnet am Sonntagmorgen stören? Wahrscheinlich machen sie wieder hier Rast und palavern herum. Ich haue lieber ab." Dann lief er kopfüber an Knorres Stamm nach unten auf den Weg und verschwand im Park.
Hoppel kam unter Carolinas Zweigen hervor, richtete sich auf und blickte zu den Reitern hinüber, die inzwischen auf dem Stoppelfeld nach halblinks abgebogen waren und jetzt entspannt und ruhig leicht bergauf in Richtung Weg galoppierten, und flüsterte Carolina zu: „Ich verschwinde auch, Carolina. Wenn die erst einmal hier sind, traue ich mich nicht mehr unter deinen Zweigen hervor." Er flüsterte, weil er den anderen gegenüber seine aufkommende Angst nicht zeigen wollte.
„Sei aber vorsichtig und denke daran, dass Hunde im Park herumstreunen können. Es gibt nicht nur Dackel", gab Carolina dem Hasen mit auf den Weg. Sie war wieder einmal besorgt um ihn. Dann entfernte sich der Hase langsam in den Park, während Knorre, Süntel, die Sträucher und Carolina gespannt die im gestreckten Galopp näher kommenden Reiter beobachteten.
„Jetzt erkenne ich sie", rief Knorre den anderen zu, „es sind die vom letzten Jahr."
„Ist auch Attacken-Alfred dabei, Attacken-Alfred dabei?", fragten die Sträucher ganz aufgeregt.
„Nein, leider nicht", antwortete Knorre, „der hat sich wohl noch nicht von seinem Sturz im vergangenen Jahr erholt. Aber Glatze ist dabei mit Apollo und der, den sie Jockey nennen, mit Meisje."
„Auch der Rittmeister?", fragten die Sträucher weiter.
„Wenn schon, dann Oberrittmeister bitte", warf Süntel ironisch ein. „Der Pitt reitet nicht nur wie ein Rittmeister, sondern wie ein Oberrittmeister. Seht euch doch mal seine elegante Haltung an."
„Ja, der ist wieder mit Gio dabei", antwortete Knorre, der wegen

seiner Größe die Reiter in der Ferne besser beobachten konnte als die anderen.
„Onkel Knusebast, der älteste von den fünf, mit Kalle und der ruhige Wolle mit Anka sind auch dabei.“ Und nach einem Augenblick fügte er, jeden Satz langsam sprechend, hinzu: „Donnerwetter, sind die scharf geritten. Die Pferde scheinen Spaß daran gehabt zu haben. Inzwischen laufen sie aber völlig gelöst in einem ruhigen Galopp. Toll sieht das aus. Sie reiten zu zweit nebeneinander. Der Jockey reitet zum Schluss.“
Knorre fühlte sich wie ein Radioreporter, der das sportliche Geschehen begeistert beobachtete und gleichzeitig kommentierte. Ihm war dabei nicht bewusst geworden, dass Carolina, die Sträucher und Süntel jetzt selbst sehen konnten, was da auf dem Stoppelfeld geschah. Inzwischen hatten nämlich auch sie die einzelnen Reiter erkannt, die nach einem weiteren Halbbogen nach links jetzt parallel zum Weg ritten und immer näher kamen. Kurz vor der Eiche parierten sie ihre schnaubenden Pferde aus dem Galopp in den Trab und dann in den Schritt. Unter Knorre hielten sie an und lobten die Pferde, indem sie mit der flachen Hand gegen die Halsseite ihres Pferdes klopften.
„Sack und Asche, war das ein schöner Ritt“, rief Jockey seinen Begleitern zu, „ich schlage vor, noch eine Runde auf dem Stoppelfeld zu drehen. Wenn wir das nicht täten, würden die Pferde uns das übel nehmen.“
Seine Begleiter stimmten ihm zu und Knusebast ermahnte alle, nicht zu jagen, sondern in einem ruhigen Galopp zu reiten.
Dann setzte sich die Truppe zu zweit nebeneinander wieder in Bewegung. Jockey ritt zum Schluss. Erst trabten sie etwa zweihundert Meter parallel zum Weg, ritten dann einen Halbbogen nach links und danach im leichten Sitz in einem ruhigen Galopp in Richtung Straße.
„Was bedeutet ‚Sack und Asche’?“, fragte Carolina interessiert. „Den Ausdruck habe ich noch nie gehört.“
„Wir auch nicht“, riefen die Sträucher durcheinander. „Kannst du uns erklären, Knorre, was der Jockey damit sagen wollte?“
Bevor Knorre auf die Frage antwortete, gab Süntel zu verstehen,

dass der Ausdruck wahrscheinlich gar keine Bedeutung habe. Aber genau wisse er das nicht. Alsbald darauf erklärte Knorre:
„Weiß ich auch nicht. Ich nehme aber an, dass es sich nur um einen harmlosen Kraftausdruck handelt, mit dem eine Begeisterung gezeigt werden soll. Ja, so wird es wohl sein. Eine andere Erklärung habe ich nicht dafür." Carolina, die Sträucher und Süntel gaben sich mit Knorres Vermutung zufrieden.
„Schade, dass Attacken-Alfred nicht dabei ist, nicht dabei ist", bedauerten die Sträucher, „der hätte möglicherweise wieder eine Sondervorstellung gegeben." Dann kicherten sie: „Wisst ihr noch, wie es im vergangenen Jahr war, als er vom Pferd fiel und danach eine Zeit lang liegen blieb? Sein Pferd stoppte plötzlich im Galopp, machte einen Satz nach rechts und Attacken-Alfred lag unten."
„Weil er angetrunken war", bemerkte Knorre trocken. „Erst pichelten sie unter meinen Ästen Flachmänner leer und dann wollte er Attacke reiten. Das konnte nicht gut gehen. Ich habe wohl noch im Ohr, wie Alfred nach dem Aufsitzen plötzlich leicht beschwippst lauthals Attacke, Attacke rief und dann wie wild los galoppierte. Und die anderen hinterher, weil ihre Pferde nicht mehr zu halten waren. Keine fünfzig Meter weit ist Alfred gekommen, dann flog er mit gestreckten Armen aus dem Sattel als wollte er fliegen lernen. Aber das klappte mit dem Fliegen natürlich nicht. Die Erdanziehung ließ ihn zu seinem Schrecken nach unten plumpsen, wo er dann kläglich liegen blieb."
„Zum Glück ist ihm nichts passiert, obwohl es zunächst so aussah, als ob er nicht wieder aufstehen konnte", schmunzelte Süntel. „Am Boden machte er nicht den Eindruck wie einer, der stolz auf einem hohen Ross sitzt."
„Ich glaubte auch erst, dass er verletzt sein würde", sagte Carolina, „denn er bleib mindestens eine Minute auf dem Stoppelfeld liegen. Nur gut, dass sein Pferd in seiner Nähe stehen blieb. Es war wohl ebenso erschrocken wie Alfred. Ich glaube nicht, dass es sich absichtlich so verhalten hat. Es wird vor irgendetwas gescheut haben, hat dann gestoppt und ist nach rechts ausgewichen."
„So wird es wohl gewesen sein, wohl gewesen sein", bekräftigten die Sträucher Carolinas Vermutung. Und dann fügten sie belustigt

hinzu:
„Und Glatze, der mit seinem Pferd zuerst bei Alfred war, wollte ihm mit einem Schnaps wieder auf die Beine helfen, Beine helfen. Wisst ihr noch, wie er mit etwas schwerer Stimme vom Pferd aus fragte: Bist du verletzt, Alfred? Soll ich dir einen Schnaps bringen, damit du wieder hoch kommst? Aber Alfred antwortete nicht. Die anderen blickten von ihren Pferden aus etwas betroffen auf ihn hinunter. Und als sich Alfred dann nach einiger Zeit rührte und etwas verwirrt aufrappelte, lachte Glatze, lachte Glatze."
„Der kann gar nicht richtig lachen", spottete Süntel, „der setzt immer nur zum Lachen an. Über den ersten Lachton kommt er nicht hinaus. Das hört sich ganz komisch an."
„Und als Alfred wieder auf seinem Pferd saß, trotteten alle im Schritt von dannen. Nicht einmal getrabt sind sie", fügte Knorre etwas schadenfroh hinzu. „Von schneidigen Reitern konnte da keine Rede mehr sein, schon gar nicht bei Alfred, der sich mit gesenktem Kopf entfernte. Er bot ein klägliches Bild."
„Wir hatten den Eindruck, dass auch sein Pferd den Kopf gesenkt hielt, gesenkt hielt", lachten die Sträucher, „wahrscheinlich, weil es ihm unangenehm war, dass Alfred wegen des Stoppens und Ausweichens einen Abgang gemacht hatte. Aber lustig war das alles schon, alles schon."
„Na ja, wir sollten aber dabei bedenken, dass der beste Reiter mal vom Pferd fallen kann", meinte Knorre. „Nur wer nicht aufs Pferd steigt, kann nicht runter fallen."
„Das ist doch eine Binsenweisheit", belehrte Süntel seinen Nachbarn.
„Ich weiß", erwiderte Knorre, „trotzdem entspricht sie der Wahrheit." Und nach einem Augenblick fügte er hinzu: „Seht euch mal die Reiter an, wie unterschiedlich sie beim Galopp im leichten Sitz auf dem Pferd sitzen. Knusebast macht einen Buckel und plumpst hin und wieder mit seinem nicht ganz unerheblichen Gewicht in den Sattel. Für Kalle ist das sicher unangenehm. Beim Rittmeister, der vorn rechts neben Knusebast reitet, ist kaum etwas einzuwenden. Glatze sitzt etwas zu aufrecht für einen Galopp im leichten Sitz. Er müsste seinen Oberkörper mehr nach vorn zum Pferdehals hin beu-

gen. Außerdem rudert er mit den Händen und stört damit das Pferd im Maul. Es sieht aus, als wolle er sich auf einem sich langsam drehenden Schleifstein abstützen. Dabei läuft sein Pferd völlig ruhig. Er brauchte seine Hände kaum zu bewegen. Sein Pferd ist zu bedauern. Wolle, der neben Glatze reitet, hat Schwierigkeiten, sein Pferd in einen ruhigen Galopp zu bekommen. Ich glaube, er hat Angst. Das Pferd merkt das. Außerdem zerrt er zu sehr am Zügel und behindert damit sein Pferd beim Galoppieren. Wenn er seinem Pferd etwas mehr Zügel geben würde, würde es viel ruhiger laufen. Dann hat er seine Fußspitzen nach außen gestreckt. Er hält sie nicht parallel zum Pferdebauch. Auch der Jockey muss noch einiges lernen. Er hat zwar im leichten Sitz eine gute Haltung, nicht zu weit nach vorn gebeugt und sein Gesäß schwebt dicht über den Schwingungen des Pferderückens; aber er hat die Absätze hoch gezogen und hält seine Hände nicht aufrecht. Er hält sie wie beim Rudern. Das ist falsch."

„Donnerwetter, Knorre, du hast ja fast so viel Ahnung wie ein Reitlehrer. Woher weißt du das alles?", fragte Süntel erstaunt.

„Ja, woher weißt du das alles, weißt du das alles?", riefen die Sträucher bewundernd. Carolina hatte interessiert zugehört und war von Knorres Kenntnissen überrascht. Sie hätte nicht gedacht, dass er sich beim Reiten auskennt.

„So gut wie ein Reitlehrer bin ich natürlich nicht", antwortete Knorre ein bisschen stolz. „Aber es gibt nicht nur gute Reitlehrer wie ich meine. Einer jedoch war gut. Das war der, der vor drei oder vier Jahren mal mit einigen Reitschülern hier auftauchte. Er ließ seine Schüler auf dem Stoppelfeld einzeln vorreiten, im Schritt, Trab und Galopp. Er selbst stand unter mir und korrigierte seine Schüler. Sein eigenes Pferd hatte er bei Süntel angebunden. Kannst du dich erinnern, Süntel?"

„Ja, ja", entgegnete dieser, „der sah gar nicht aus wie ein Reitlehrer. Er hatte einen ziemlich dicken Bauch und eine röhrende Stimme und sein Pferd wirkte wie ein Schlachtross."

„Genau, Süntel, so war es", bestätigte Knorre, „aber er konnte seinen Schülern gut erklären, wie sie bei den verschiedenen Gangarten richtig sitzen müssen. Er verstand etwas vom Reiten. Jedenfalls war das mein Eindruck. Ich habe damals genau zugehört und dabei viel

über den richtigen Sitz beim Reiten erfahren."
„Gut, sehr gut, Knorre", warfen die Sträucher anerkennend ein, „wir bewundern dein ausgezeichnetes Gedächtnis, Gedächtnis."
„Erstaunlich bei dem Alter, das du inzwischen hast", flachste Süntel, „wirklich erstaunlich. Im Allgemeinen sagt man doch, dass das Gedächtnis mit zunehmendem Alter nachlässt, jedenfalls das Kurzzeitgedächtnis. Und drei oder vier Jahre sind gemessen an deinem Alter ja nun wirklich sehr kurz."
Carolina schmunzelte und Knorre erwiderte gelassen: „Ich glaube, dass nicht nur mein Langzeitgedächtnis noch ganz gut funktioniert, sondern auch mein Kurzzeitgedächtnis. Aber jetzt bin ich gespannt, was die Reiter machen. Hoffentlich rasten sie hier wieder wie im letzten und im vorletzten Jahr."
Die fünf Reiter waren inzwischen bis zur Straße galoppiert, waren dann parallel zur Straße geritten und nach einem Schwenk nach links in Richtung Weg. Als sie parallel zum Weg waren, hatten sie ihre Pferde aus dem Galopp in den Trab pariert und nach etwa hundert Metern in den Schritt. Jetzt näherten sie sich der Eiche. Die Pferde schnaubten gelöst, hoben und senkten ihren Kopf und die Reiter lobten sie wie sie es schon nach der ersten Galoppade auf dem Stoppelfeld getan hatten. Dann hielten sie unter Knorre an und saßen ab.
„Sack und Asche, war das wieder ein toller Ritt", begeisterte sich Jockey und streichelte den Hals seines Pferdes. „Wir sind schon lange nicht mehr eine solch weite Strecke galoppiert. Ich glaube, auch den Pferden hat es Spaß gemacht."
„Das ist in unserer Gegend ja auch nur möglich, wenn es Stoppelfelder gibt", gab Knusebast zu verstehen. „Aber der Ritt war sehr gut. Lasst uns eine Pause machen. Die Pferde haben sie verdient."
„Wir aber auch", ergänzte Glatze und die anderen drei stimmten ihm zu. Dann führten die Reiter ihre Pferde zu Süntel und banden sie bei ihm an. Süntel war darüber mächtig stolz und Knorre räusperte sich und brummte zur Buche hinüber:
„Du stehst mal wieder im Mittelpunkt. Aber wir gönnen es dir."
„Ja, wir gönnen es dir, gönnen es dir", riefen die Sträucher der Buche zu, „aber werde nur nicht eingebildet."

„Keine Bange“, tönte Süntel zurück, „bei wem sonst sollten die Reiter ihre Pferde denn wohl anbinden? Knorres Äste sitzen viel zu hoch und ihr habt nur Schwächlinge hervorgebracht. Bei Carolina geht es auch nicht. Im Übrigen mag ich Pferde. Sie stehen also bei mir genau richtig.“
Die Reiter waren inzwischen zur Eiche zurückgekehrt. Jockey, Wolle und Knusebast setzten sich auf die Bank, während der Rittmeister und Glatze auf dem Weg davor standen. Süntel wandte sich den Pferden zu und meinte:
„War wohl anstrengend für euch. Oder? Zweimal das große Stoppelfeld im Galopp umrunden. Mein lieber Scholli. Mit dem schweren Sattel und du, Kalle, mit Knusebast auf dem Rücken, der noch dazu hin und wieder mit seinem erheblichen Gewicht in den Sattel geplumpst ist. Du musst doch ziemliche Rückenschmerzen haben. Außerdem bist du nicht mehr der Jüngste. Wenn ich mich recht erinnere, hast du im letzten Jahr gesagt, du seiest bereits zwanzig Jahre alt. Ein stolzes Alter für ein Pferd.“
„Na ja, es geht“, schnaubte Kalle, „ein kurzer Galopp war es zwar nicht gerade; aber zum Glück haben uns die Reiter nicht getrieben. Wir konnten ruhig laufen. Deshalb sind wir nicht allzu kaputt.“
„Wenn Knusebast beim Galopp im leichten Sitz in den Sattel plumpst, mach doch mal ein Buckel“, regte Knorre amüsiert an, „vielleicht liegt er dann unten.“
„Ja, mach das mal“, kicherten die Sträucher, „mach das mal. Aber hier auf dem Stoppelfeld, damit wir es sehen können, sehen können und etwas zum Lachen haben. Vielleicht gelingt es dir, ihn abzuwerfen.“
„Nein, Kalle, tue es nicht“, riet Carolina besorgt, „das wäre für Knusebast viel zu gefährlich. Er ist wie du nicht mehr der Jüngste und wenn er sich bei einem Sturz verletzen würde, würdest du dir immer Vorwürfe machen. Das Reiten ist sowieso schon gefährlich genug.“
Süntel bemerkte zu Knorres Anregung:
„Lass das sein, Kalle. Knusebast würde dir das übel nehmen.“
„Nein, das tue ich auch nicht“, schnaubte Kalle. „Ich werde nicht versuchen, ihn abzuwerfen. Er war immer gut zu mir. Ich kann mich

über ihn nicht beklagen."
Während sich die anderen Pferde nicht dazu äußerten, meinte Gio, dass Knusebast ein guter Reiter sei, der selbst dann nicht so leicht abzuwerfen sei, wenn Kalle buckele. Aber er solle es lieber lassen, Knusebast habe es nicht verdient, abgeworfen zu werden, er habe ein Herz für Pferde. Dann schwiegen alle einen Augenblick, bis Kalle plötzlich lachend wieherte:
„Aber einmal ist Knusebast von mir runter gefallen, ohne dass ich daran Schuld war."
„Erzähle, Kalle", forderten die Sträucher neugierig das Pferd auf, „wie ist es dazu gekommen, dazu gekommen?"
„Ja, erzähle", ermunterten Knorre und Süntel das Pferd, von Knusebasts Abgang zu berichten. „Du hast uns jetzt neugierig gemacht."
Auch Carolina war gespannt auf Kalles Geschichte. Kalle zögerte jedoch zunächst und blickte zu den Reitern hinüber, als befürchtete er, von ihnen verstanden zu werden. Für einen Moment hatte er vergessen, dass er zwar verstehen konnte, was die Reiter sprachen, dass jene aber die Sprache der Tiere, Bäume, Büsche und Sträucher nicht verstanden. Die anderen Pferde meinten, Kalle könne den Vorfall ruhig erzählen, da er harmlos verlaufen sei und er nichts Schlechtes über Knusebast sage. Darauf begann Kalle zu erzählen:
„Anka, Meisje, Gio und Apollo waren dabei."
„Ja, ja, wir kennen die Geschichte. Damals haben wir alle einen großen Schrecken bekommen. Aber als wir sahen, dass Knusebast nichts passiert war, haben wir gelacht", schnaubten die vier Pferde und Kalle setzte seine Erzählung fort: „Unsere Reiter waren damals an einem Sonntagmorgen zu einem befreundeten Landwirt geritten und der hatte zwei oder drei Schnäpse eingeschenkt. Dazu hatte er eine Flasche Bier spendiert."
„Was wollten die denn bei dem Landwirt?", fragte Carolina etwas unbedarft.
„Sicher nicht nur guten Tag sagen", beantwortete Süntel die Frage für Kalle. „Wenn Reiter an einem Sonntagmorgen zu Freunden reiten, erwarten sie, dass sie einen eingeschenkt bekommen. So ist das nun mal."

„Ja, ja, Süntel hat Recht", fügte Kalle hinzu. „So war es auch an diesem Morgen. Und als wir dann nach etwa einer halben Stunde wieder weg ritten, wollte der Rittmeister noch eine Reitkollegin besuchen und ihr, wie er sagte, einen schönen Sonntag wünschen."
„Einen schönen Sonntag wünschen", spottete Knorre belustigt. „Die wollten noch einen eingeschenkt bekommen. Stimmt es, Kalle?"
„So war es auch", schnaubten die Pferde lachend durcheinander.
„Ja, so war es", wieherte Kalle, „genau so war es. Aber bevor sie bei der Anita ankamen, so heißt die Reitkollegin, jagten sie mit uns im gestreckten Galopp über Stoppelfelder. Das war ziemlich waghalsig. Beinahe wäre ich gestolpert. Wir mussten uns sehr konzentrieren."
„Das waren wahrscheinlich die Auswirkungen des Alkohols", vermutete Süntel.
„Das glaube ich auch", brummte Knorre. „Zwei oder drei Schnäpse und eine Flasche Bier an einem Vormittag machen viele Menschen leichtsinnig. Abends mag das anders sein."
„Und müde und müde wird man auch", spöttelten die Sträucher.
„Jedenfalls bekamen sie bei der Anita auch noch zwei Schnäpse eingeschenkt und darüber hinaus noch eine Flasche Bier spendiert", erzählte Kalle weiter.
„Jockey hat die Schnäpse aber nicht getrunken", berichtigte Meisje seinen Pferdekollegen Kalle.
„Stimmt", erklärte dieser. „Die anderen aber haben alles weggepichelt. Auf dem Heimweg passierte es dann. Einige hundert Meter vor der Reithalle ritten alle im Schritt hintereinander auf einem Grasstreifen links neben einem Schotterweg."
„Knusebast saß zusammengesunken im Sattel und war anscheinend kurz vor dem Einschlafen", warf Gio ein. „Ich ging damals hinter Kalle und konnte Knusebast genau beobachten. Er hatte seinen Kopf gesenkt und plötzlich rutschte er nach links an Kalles Hals vorbei aus dem Sattel. Er fiel auf den Grasstreifen, stand aber gleich wieder auf. Wahrscheinlich war er durch den Sturz hellwach geworden."
„Ich blieb sofort stehen", setzte Kalle seine Erzählung fort. „Was meint ihr wohl, wie erschrocken ich war? Aber ich hatte keine Schuld an dem Sturz."

„Da könnt ihr mal sehen, was passieren kann, wenn man angetrunken auf einem Pferd sitzt", kicherten die Sträucher. „Ist er dann wieder aufgestiegen, aufgestiegen?"
„Er hat es versucht", wieherte Gio und zeigte grinsend seine gelben Zähne und sein rosa Zahnfleisch.
„Ja, er hat es versucht", bestätigte Kalle, „aber es gelang ihm nicht. Die anderen Reiter saßen betroffen und wohl auch angesäuselt auf ihrem Pferd und schauten zu. Knusebast ist dann schließlich etwas schwankend neben mir zur Reithalle getrottet. Ich hatte den Eindruck, dass er sich am Zügel, den er in seiner rechten Hand hatte, festhielt. Er war in der Reithalle aber noch in der Lage, mich abzusatteln und mich in meine Box zu bringen. Wie er nach Hause gekommen ist, weiß ich nicht."
„Seid mal einen Moment still", forderte Süntel die Pferde und seine Nachbarn auf, „die Reiter blicken zu uns herüber. Ich glaube, sie reden über uns."
„Ja, ja, sie sprechen über die Pferde", riefen die Sträucher und Knorre erklärte, der Rittmeister habe soeben die Bemerkung gemacht, die Pferde seien nach seinem Eindruck heute unruhiger als vor etwa einem Jahr an dieser Stelle. Sie wieherten und schnaubten auffallend häufig und zeigten ihre Zähne als lachten sie. Die Pferde blickten nun zu den Reitern hinüber und hörten ihren Gesprächen zu. Auch Knorre, Süntel, Carolina und die Sträucher taten das.
„Woran merkst du denn, dass die Pferde heute unruhiger sind als vor einem Jahr?", fragte Knusebast den Rittmeister in einem leicht gereizten Ton, „du willst uns doch wohl nicht weismachen, dass du das Verhalten der Pferde vor einem Jahr heute noch in Erinnerung hast."
„Doch, in etwa ja", entgegnete der Rittmeister etwas verunsichert und blickte Jockey und Wolle an, die auf der Bank saßen, als erwartete er von ihnen Unterstützung in seinem Eindruck. Aber Wolle schwieg und Jockey meinte, die Pferde seien zwar etwas unruhig, aber einen Unterschied zum vergangenen Jahr stelle er nicht fest.
„Was sagt ihr denn dazu?", fragte Knusebast seine Reiterfreunde Wolle und den vor ihm stehenden Glatze, „äußert euch doch mal

dazu. Ihr hört euch einen solchen Blödsinn an und schweigt. Das finde ich nicht gut. Ihr kneift."
„Na ja", lachte Glatze darauf in seiner anstoßenden Art, „was soll ich dazu sagen. Wenn Pitt den Eindruck hat, dann hat er ihn eben. Etwas unruhig erscheinen mir die Pferde jedoch auch. Wie sie sich aber im letzten Jahr verhalten haben, weiß ich nicht mehr."
„Oh, oh. Oh", flüsterte die Stute Anka, als befürchtete sie, von den Reitern verstanden zu werden, „Knusebast ist heute aber wieder gnatzig. Er will sich wohl wieder mal mit dem Rittmeister anlegen. Der scheint ihn manchmal besonders zu reizen. Dabei hat er eine bessere Beobachtungsgabe als die anderen, die anscheinend überhaupt nichts merken."
„Den armen Kerl nimmt er am liebsten aufs Korn", bemerkte Apollo und Meisje stimmte ihm zu.
„Weil er leicht beleidigt ist und sich vieles sehr zu Herzen nimmt", meinte Anka, „die anderen schweigen, lachen oder machen ausweichende Bemerkungen. Sie geben Knusebast kaum Angriffsflächen, was ihn häufig noch gereizter macht. Der Rittmeister aber, der sich meistens auf eine Diskussion mit Knusebast einlässt, ist für diesen dann eine Art Blitzableiter."
„Manchmal ist Knusebast ein richtiger Gnatzkopf", urteilte Kalle über seinen Herrn, „vor allem, wenn ihm irgendetwas nicht passt oder er schlecht geschlafen hat."
„Er sollte zur Beruhigung, wenn er schlecht gelaunt ist, jeweils einen Schnaps trinken", meinte Süntel ironisch, „vielleicht lässt er dann seine aufreizenden Bemerkungen."
„Ich bin erstaunt, dass heute noch keiner einen Flachmann aus der Tasche gezogen hat", wunderte sich Knorre, „ich kann mir nicht vorstellen, dass sie keinen dabei haben."
Als die Reiter nicht mehr zu den Pferden blickten und begannen, sich über Politik zu unterhalten, machte Kalle die Bemerkung:
„Ihr müsstet mal einen Freitagabend erleben, wenn sich die fünf mit weiteren Reitkollegen in der Reithalle auf der Stallgasse vor der Sattelkammer treffen." Dann schwieg Kalle betroffen, als sei er erschrocken darüber, etwas über seinen Herrn angedeutet zu haben, was er eigentlich nicht hatte tun wollen.

„Kannst es ruhig erzählen“, ermunterte Anka ihren Pferdefreund Kalle, mit seiner Erzählung fortzufahren. „Es ist ja nichts Schlimmes, was da passiert.“
„Was ist denn da los?“, wollten die Sträucher wissen, „erzähle, Kalle, erzähle. Wir sind sehr neugierig.“
„Vorher möchte ich aber wissen, was gnatzig bedeutet“, warf Carolina ein, „danach kannst du erzählen, Kalle.“
„Du willst aber auch immer alles wissen“, meinte Süntel, „Kalles Erzählung ist doch viel interessanter als die Erklärung, was gnatzig bedeutet. Ich weiß es auch nicht.“
„Frage ruhig“, unterstützte Knorre die kleine Tanne, „auf diese Weise kannst du viel lernen. Gnatzig ist jemand, der mürrisch und übellaunig ist.“
„Danke, Knorre. Jetzt erzähle weiter, Kalle“, forderte Carolina das Pferd auf, „auch ich bin neugierig. Aber Knusebast wird doch nicht ständig gnatzig sein. Oder?“
„Nein, nein, meistens nicht“, erklärte Gio, „aber wenn er seinen aggressiven Tag hat, ist er manchmal unausstehlich. Dann dreht er den anderen das Wort im Munde um.“
„Nein, Gio, ganz so ist es nicht“, nahm Kalle seinen Herrn in Schutz, „er erwartet dann nur präzise Äußerungen von den anderen. Wenn zum Beispiel jemand etwas berichtet, hakt er nach und fragt: Warst du dabei? Hast du das selbst gesehen? Oder hast du es nur gehört? War es genau zwei Uhr oder gegen zwei oder war es 14 Uhr? Auf diese Weise bringt er die anderen manchmal in Verlegenheit. Wenn Knusebast seinen gnatzigen Tag hat, müssen seine Gesprächspartner aufpassen und exakt formulieren, sonst berichtigt er oder fragt nach. Knusebast ist nicht dumm, aber...“
„Aber er stört auf diese Weise die Unterhaltung und verärgert seine Gesprächspartner“, unterbrach Anka ihren Pferdefreund Kalle, „schön finde ich das nicht.“
„Du hast ja Recht“, fuhr Kalle fort, „aber meistens ist es ja sowieso nur Palaver, also langes Geschwätz, was da auf der Stallgasse geführt wird. Eine hochtrabende Unterhaltung ist das ohnehin nicht.“
„Ich kann mir kaum vorstellen, dass die so völlig trocken auf der Stallgasse stehen und sich unterhalten“, meinte Süntel erwartungs-

voll.
„Wo denkst du hin“, schmunzelte Meisje, „die haben alle, na ja, fast alle eine Flasche Bier in der Hand, wenn sie da stehen, im Winter eine Tasse Tee mit Rum und zwischendurch gibt es einen Schnaps. Den schenkt meistens Wolle ein, der sonst wenig sagt.“
„Von wem haben sie denn den Alkohol?“, wollte Carolina wissen.
„Mal bringt der eine, mal der andere eine Kiste Bier oder eine Flasche Schnaps mit. So ist immer etwas da“, ergänzte Gio die Ausführungen seines Pferdefreundes Meisje.
„Die kommen doch hoffentlich nicht mit ihrem Auto zur Reithalle gefahren“, sorgte sich Carolina, „das wäre sehr gefährlich.“
„Nein, nein“, beruhigte Kalle die kleine Tanne, „die kommen mit ihrem Fahrrad oder zu Fuß. Im Übrigen habe ich bisher keinen betrunken gesehen, höchstens angeheitert.“
„Anfangs habe ich mich geärgert, wenn die Gruppe gegen 19 Uhr nach und nach auf der Stallgasse auftauchte, dort zeitweise lauthals palaverte und die Stallruhe störte“, erzählte Gio weiter, „aber mit der Zeit fand ich dieses Treffen sehr interessant, manchmal war es sogar spannend und jetzt kann ich den Freitagabend kaum erwarten.“
„Hin und wieder taucht dort auch ein Berti auf“, schmunzelte Anka, „der küsst zur Begrüßung immer die Reiterinnen, die manchmal dabei sind, meistens aber nur etwa eine halbe Stunde. Dann gehen sie wieder.“
„Auf den Mund?“, wollte Carolina aufgeregt wissen.
„Nein, natürlich nur auf die Backen“, beantwortete Gio die Frage der kleinen Tanne, „aber auf beide, rechts und links.“
„Du meinst sicher auf die Wangen“, belehrte Süntel das Pferd trokken, „die Backen sitzen nämlich tiefer als die Wangen. Wenn ich mir vorstelle, dass der Berti die Reiterinnen auf die Backen küsst, dann…“
„Musst du lachen silberhell, silberhell, wolltest du doch sicher sagen“, unterbrachen die Sträucher vergnügt ihren Nachbarn.
„Also, Süntel, jetzt reagierst du schon ähnlich wie Knusebast gegenüber seinen Reiterkumpels“, nörgelte Gio, „natürlich habe ich Wangen gemeint. Das war doch sicher auch dir klar.“

Als Kalle leise zu kichern begann, wollte Gio den Grund dafür wissen.
„Ist dir schon aufgefallen, dass Berti stets versucht, seine Küsse sehr dicht am Mund seiner Reiterfreundinnen unterzubringen?“, fragte Kalle. „Meistens gelingt ihm das und ich habe den Eindruck, dass den Reiterinnen das gefällt.“
„Nein, ich habe das noch nicht bemerkt“, erklärte Gio überrascht.
„Aber ich“, warf Anka amüsiert ein, „besonders bei einer ist mir das aufgefallen, bei der dunkelhaarigen, schlanken Reiterin, bei der mit dem rot geschminkten Kussmund.“
„Stimmt, Anka“, gab Meisje zu verstehen, „jetzt, da du das sagst, wird mir das bewusst. Ich habe mich schon einige Male gewundert, warum Berti gerade diese Reiterin ganz in der Nähe ihres Mundes küsst. Er mag sie wohl besonders gern.“
„Berti mag nach meinem Eindruck alle jungen und jung gebliebenen Frauen“, sagte Kalle darauf vergnügt und alle Pferde lachten.
„Aber schön ist es, wenn Berti anfängt zu singen“, erzählte Anka weiter, „er singt nämlich sehr gern und er tut das, wenn jemand Geburtstag hat oder hatte oder wenn er darum gebeten wird. Berti hat eine wohlklingende Stimme. Die anderen versuchen zwar manchmal mitzusingen, aber sie sind im Grunde musikalische Wildschweine. Sie brummen oder grölen mehr als dass sie singen.“
„Schade, dass ich das nicht miterleben kann“, klagte Carolina. „Ich hätte zu gern mal den Gesprächen auf der Stallgasse zugehört und hätte zu gern mal alles gesehen.“
„Wir auch, wir auch“, riefen die Sträucher, „und wenn es nur ein einziges Mal wäre, einziges Mal wäre.“
„Einmal“, erzählte Kalle weiter und geriet dabei immer mehr in Erzähllaune, „einmal stand plötzlich eine ältere Frau vor meiner Box. Die war fast ganz in schwarz gekleidet und hatte eine dunkle Haube auf dem Kopf. Ich habe mich vielleicht erschrocken. Wenn nicht unmittelbar danach Knusebast aufgetaucht wäre, hätte ich mich unter dem Stroh in der Box verkrochen.“
„Na, na, na“, brummte Knorre, „nun übertreibe man nicht. Du siehst nicht gerade aus, als hättest du Angst vor einer Frau.“
„Das nicht“, führte Gio das Gespräch fort, „aber ein bisschen er-

schrocken habe ich mich auch, als ich die dunkel gekleidete Frau vor Kalles Box sah. Meine Box befindet sich nämlich gleich nebenan."

„Wer war denn das?", wollten die Sträucher wissen, „wer war denn das? Erzähle."

„Das war Knusebasts Schwester", schmunzelte Kalle, „das habe ich aber erst erfahren, als sich beide unterhielten. Sie war sehr nett. Sie hat mir einen Apfel und trockenes Brot mitgebracht und hat meinen Hals gestreichelt. Sie ist eine fröhliche und fromme Nonne."

„Wieso fromme Nonne?", fragte Süntel etwas provozierend. „Nur weil sie Nonne ist, muss sie doch nicht fromm sein. Auch ihre Tracht besagt nicht, dass sie fromm ist."

„Ich nehme es ja nur an", antwortete Kalle etwas verunsichert, „begründen kann ich das nicht. Aber jetzt redest du schon wie Knusebast, wenn er seine Reiterfreunde in die Enge treiben will."

„Was ist denn eine Nonne?", wollte Carolina wissen, „und warum trägt sie eine dunkle Tracht?"

„Na ja, genau weiß ich das auch nicht", versuchte Kalle die Frage zu beantworten „aber aus Erzählungen von Knusebast gegenüber anderen habe ich herausgehört, dass seine Schwester in einem Haus lebt, in dem nur Frauen wohnen, die mal in einem Krankenhaus gearbeitet haben, in dem die Krankenschwestern Tracht tragen, zumindest einige von ihnen. Sie war nicht verheiratet und hat früher wohl mal gelobt, nur Gott und den Menschen zu dienen. Mehr weiß ich aber auch nicht."

Gio fing an zu kichern und Knorre fragte darauf mit brummelnder Stimme, warum das Pferd lache, und die Sträucher und Süntel drängten Gio, den Grund seines Lachens anzugeben. Das Pferd gab schließlich nach und erklärte, dass Knusebast keinen Alkohol trinke, wenn seine Schwester bei ihm und seiner Frau zu Besuch sei. In dieser Zeit halte er sich am Freitagabend auch nur kurz in der Stallgasse auf.

„Der muss ja mächtigen Respekt vor seiner frommen Schwester haben", lästerte Süntel.

„Wenn sie da ist, trinkt er überhaupt keinen Alkohol? Das kann ich mir kaum vorstellen."

„Vielleicht mal einen Schnaps", entgegnete Gio, „aber mehr nicht. An diesen Abenden spricht er mit seinen Kumpels besonders aggressiv, wie mir aufgefallen ist."
„Weil ihm dann was fehlt", bemerkte Knorre trocken und fügte spöttisch hinzu: „Etwas Alkohol würde seine Zunge lockern und ihn insgesamt gelöster und friedlicher machen, meine ich."
„Da ist was Wahres dran", mischte sich Anka in das Gespräch und ergänzte schmunzelnd: „Ich habe schon einige Male beobachtet, dass er sich auch an anderen Tagen einen Schnaps gönnt, wenn keiner dabei ist, und zwar auch dann, wenn seine Schwester bei ihm zu Besuch ist."
Als Anka das gesagt hatte, äppelte Kalle und Apollo blähte seinen Bauch auf, machte seine Hinterbeine breit und furzte einige Male kräftig.
„Aber Kalle", empörte sich Süntel, jedoch nur scheinbar, „das hätte ich nicht von dir gedacht. Ausgerechnet unter meinen Ästen hinterlässt du mir einen Haufen. Und was für einen. Da würde jeder Mensch, der Verdauungsschwierigkeiten hat, vor Neid erblassen."
Carolina und die Sträucher kicherten vor Vergnügen und Knorre blickte amüsiert auf den großen Haufen hinab.
„Nun sei nicht gleich beleidigt", versuchte Kalle die Buche zu beruhigen. „Was soll ich denn machen, wenn ich muss. Ich bin angebunden und kann nicht aufs Stoppelfeld gehen und dort meine Äpfel loswerden. Im Übrigen wird von dem Haufen schon bald nichts mehr zu sehen sein. Die Vögel werden ihn zum Teil wegpicken und der Rest wird vom Regen weggeschwemmt."
„Vergiss es", murmelte Süntel grinsend und fügte dann lauthals und wieder scheinbar empört an Apollo gewandt hinzu: „Du bist ein Schweinigel. Wie kann man in Gesellschaft anderer die Tonleiter rauf und runter furzen. Schämst du dich nicht?"
„Soll ich mir denn die Luft verkneifen, wenn ich Blähungen habe und mir der Bauch grimmt?", versuchte Apollo sein Verhalten zu entschuldigen. „Dann muss die Luft raus. Du hast diese Probleme nicht. Knorre, Carolina und die Sträucher haben sie auch nicht. Im Übrigen ist es gesund, wenn man sich von überflüssiger Luft im Bauch befreit. Glatze macht das auch hin und wieder."

„Mach dir nichts daraus“, gab Carolina dem Pferd zu verstehen. „Du weißt ja, dass es Schweinigels gar nicht gibt. Ich bin sicher, dass Süntel seine Bemerkung nicht ernst gemeint hat.“
„Wir sind auch sicher“, unterstützten die Sträucher die kleine Tanne, „wir sind auch sicher, dass er sie nicht ernst gemeint hat. Stimmt es, Süntel? Stimmt es?“
„Ja, ja, ihr habt schon Recht“, knurrte die Buche in sich hinein, „irgendwie müsst ihr eure überflüssige Luft und euren verdauten Mageninhalt ja loswerden.“ Dann wandte sich Süntel etwas herausfordernd an Kalle: „Sag mal, Kalle, du hältst Knusebasts Schwester für fromm. Ist er selbst das auch? Was meinst du? Wenn ja, müsste er doch eigentlich heute Morgen, am Sonntag, beim Gottesdienst in der Kirche sein.“
„Das stimmt“, beeilten sich die Sträucher, Süntels Ansicht zu unterstützen, „ja, das stimmt.“
„Knusebast würde jetzt wohl sagen, wenn einer seiner Reitkumpels diese Frage gestellt hätte…“, wollte Knorre die Frage für Kalle beantworten. Aber die Sträucher unterbrachen ihn:
„Und wenn er wieder so richtig knusebastig wäre, knusebastig wäre.“
„Richtig“, fuhr Knorre fort, „er würde darauf antworten: Wenn einer am Sonntagmorgen in die Kirche geht, besagt das nicht, dass er fromm ist.“
Und Kalle ergänzte:
„Ja, so ähnlich würde Knusebast in diesem Falle wohl reagieren. Aber ich habe gehört, dass er bereits am Samstagabend in die Kirche geht.“
„Damit er dann am Sonntagmorgen ruhigen Gewissens ausreiten kann?“, lästerte Süntel. „Oder soll der Kirchgang am Samstagabend sogar für die ganze Woche reichen?“
„Weiß ich doch nicht“, antwortete Kalle etwas unwirsch, „da musst du ihn schon selber fragen.“
„Kann er doch gar nicht“, mischten sich die Sträucher amüsiert in das Gespräch, „kann er doch gar nicht.“
„Stimmt ja“, entgegnete Kalle, „daran habe ich eben nicht gedacht.“

„Wie lange bleiben die Reiter denn am Freitagabend in der Stellgasse?“ wollte Carolina wissen.
„Nur etwa eine Stunde“, antwortete Meisje, „dann gehen sie in das Reiterstübchen und trinken und palavern dort weiter.“
„Woher weißt du denn das?“, hakte Süntel etwas lauernd nach. „Warst du dabei oder hast du das von deiner Box aus gesehen?“
„So würde Knusebast fragen“, nörgelte Anka, „ja, so würde Knusebast fragen. Du reagierst schon fast wie er.“
„Natürlich war ich nicht dabei, ich habe es auch nicht gesehen; aber ich vermute es“, antwortete Meisje etwas verunsichert.
„Siehst du, das hört sich schon besser an“, bemerkte Süntel trocken, „aber so wird es wohl sein nach euren Erzählungen.“
„Der Kneipenwirt hat es nicht gern, wenn die Reiter ihren mitgebrachten Alkohol auf der Stallgasse trinken“, meinte Gio. „Und wenn er mal bei ihnen auftaucht, was allerdings ganz selten geschieht, lässt er sich zwar nichts anmerken; aber irgendwie spürt man doch, dass ihm das Trinken auf der Stallgasse nicht passt.“
„Der Wirt spricht sehr schnell, verschluckt Silben und verhaspelt sich häufig, insbesondere, wenn er angetrunken ist“, ergänzte Kalle die Äußerungen von Gio, „aber sonst ist er ein netter Kerl.“
„Zu den Reitern am Freitagabend auf der Stallgasse gehört auch ein Didi“, erzählte Anka, „er ist der Jüngste aus der Gruppe, hat aber schon erwachsene Kinder. Der ist anscheinend dauernd rossig, denn er spricht häufig von jungen Frauen und seine Augen leuchten dann dabei. Wenn seine eigene Frau das wüsste, bekäme er wahrscheinlich Ärger zu Hause.“
„Sagtest du rossig?“, fragte Süntel scheinheilig und tat so, als wüsste er nicht, was Anka meinte. „Der ist doch aber keine Stute.“
„Nein, nein, natürlich nicht“, schnaubte Anka, „aber er verhält sich nach meinem Eindruck entsprechend.“
„Was bedeutet denn rossig?“, wollte Carolina wissen und ihre Nachbarn und die Pferde amüsierten sich köstlich über die Frage der kleinen Tanne.
„Na ja“, versuchte Kalle zögernd zu erklären, „wie soll ich dir das erläutern: Der träumt oft von jungen Frauen.“
Dann mischte sich Knorre ein und meinte, das müsse als Erklärung

reichen. Carolina sei noch zu jung, um das richtig zu verstehen. Die kleine Tanne hätte zwar gern noch weitere Fragen dazu gestellt; aber sie respektierte Knorres Meinung. Und als Anka weiter über Didi erzählte, hörte sie gespannt zu und vergaß alsbald ihre Fragen.
„Didi hat meines Wissens noch nicht auf einem Pferd gesessen", wieherte Anka lachend, „ich glaube, er hat Angst. Er würde wohl in die Hose machen, wenn ein Pferd mit ihm traben oder gar galoppieren würde."
„Dann brauchte er sich doch nur eine braune Hose anzuziehen", lästerte Süntel, „und keiner würde etwas merken."
„Doch, doch", brummte Knorre wie nebenbei, „man würde es riechen."
„Richtig, Knorre, richtig", freuten sich die Sträucher, „du hast mal wieder den Nagel auf den Kopf getroffen." Und alle lachten. Anka erzählte noch, Knusebast lege sich oft auch mit Didi an. Der Rittmeister und Didi seien seine Hauptblitzableiter. Besonders der Rittmeister leide darunter, wenn Knusebast ihn kritisiere oder ihn sonst zurechtweise. Didi stecke das meistens gelassen weg. Sie habe mal gehört, dass der Rittmeister zu Jockey gesagt habe, er habe in der vergangenen Nacht wegen einiger Bemerkungen von Knusebast kaum schlafen können.
„Da sind ja anscheinend einige sonderbare Typen unter den Männern, die sich am Freitagabend bei euch auf der Stallgasse treffen", meinte Süntel und fuhr dann an Kalle gewandt fort: „Du solltest Knusebast doch mal abwerfen. Es könnte ja auf einem Stoppelfeld sein, damit er nicht so hart fällt. Er hätte es mal verdient."
„Nee, mache ich nicht", lehnte Kalle die Anregung von Süntel sofort ab. „Knusebast hat schon viel für mich und überhaupt für alle Pferde in der Halle getan. So hat er zum Beispiel unsere Boxen vergrößert, die vorher recht klein waren, und Fenster eingebaut, die bei Kälte und Regen zugeschoben werden können. Dadurch haben wir die Möglichkeit, alles zu beobachten, was draußen vor unserer Box so passiert. Das ist für uns besonders schön."
„Er hat das aber nicht allein gemacht", warf Anka ein, „der Rittmeister, Wolle und Didi haben ihn oft tatkräftig unterstützt. Hin und wieder hat auch Jockey geholfen. Aber der hat nach meinem

Eindruck zwei linke Hände."
„Wie sehen die denn aus?", wollte Carolina wissen.
„Die sehen so aus wie andere Hände auch", wurde sie von Knorre belehrt, „aber man sagt das, wenn jemand handwerklich unbeholfen ist."
„Vor etwa zwei Wochen", fuhr Kalle fort, „tauchten nach dem Kneipenbesuch Knusebast, der Rittmeister und Jockey noch einmal in der Stallgasse auf. Das Licht war schon ausgeschaltet; aber geschlafen hatte ich noch nicht. Einer schaltete das Licht wieder an und Knusebast öffnete meine Box, kam herein, umarmte meinen Hals und sagte, ich sei der Beste. Ich war richtig gerührt. Nein, Süntel, ich werfe Knusebast nicht gewollt ab."
„Ich war ein bisschen neidisch", erklärte Gio, „ich hoffte, dass der Rittmeister in meine Box kommen und auch etwas mit mir schmusen wurde. Aber er kam nicht. Es ist wohl nicht seine Art, so was zu tun."
„Nein, Kalle, wirf Knusebast nicht ab", riet Carolina, „das wäre ihm gegenüber nicht fair."
„Knusebast war doch sicher angetrunken", mutmaßte Süntel, „völlig nüchtern wurde er so etwas doch wohl nicht gemacht haben."
„Nein, das war er nicht, vielleicht etwas angeheitert und so spät war es auch noch nicht. Vielleicht gegen neun Uhr."
„Gegen 21 Uhr, würde Knusebast sagen", bemerkte Gio lachend.
„Stimmt es, Kalle?"
„Ja, so würde er wohl reagieren, wenn er seinen gnatzigen Tag hätte", bestätigte Kalle und fügte hinzu: „Ihr seht, dass Knusebast nicht der Schlechteste ist. Er hat mich und überhaupt alle Pferde gern. An seine Knusebastigkeit haben sich seine Reiterkollegen inzwischen gewöhnt – glaube ich jedenfalls."
Unterdessen hatten sich Knusebast, Wolle und Jockey von der Bank erhoben und Onkel Knusebast drängte zum Aufbruch.
„Es geht gleich weiter", riefen die Sträucher ihren Nachbarn und den Pferden zu, „die Reiter brechen auf, brechen auf."
Diese gingen etwas schwerfällig und vom Reiten etwas steif zu den Pferden, lösten die kurzen Stricke von Süntels Ästen und bestiegen ihr Pferd. Dann ritten sie im Schritt über das Stoppelfeld auf direk-

tem Weg in Richtung Straße.
„Kommt mal wieder vorbei", rief Knorre den Pferden nach, „es muss ja nicht wieder ein Jahr dauern."
„Ja, lasst euch mal wieder hier sehen", riefen auch Carolina, Süntel und die Sträucher hinter den Pferden her und die antworteten, dass es an ihnen nicht liegen solle. Aber die Reiter würden das Ziel ihres Ausritts bestimmen. Bereits nach einigen Minuten hatten die fünf Reiter die Straße erreicht, die sie sodann überquerten. Und gleich danach verschwanden sie hinter Hecken und Bäumen.
„War das ein interessanter Vormittag", seufzte Carolina, „schade, dass wir solche Erlebnisse nicht haben können."
„Dafür haben wir andere", äußerte Süntel darauf, „du solltest dich nicht beklagen. Das wäre ungerecht."
„Tue ich auch nicht", gab Carolina etwas kleinlaut zu verstehen, „aber solche Erlebnisse, wie sie die Pferde haben, hätte ich auch gern mal."
„Wir auch, wir auch", riefen die Sträucher durcheinander, „und wenn es nur einmal wäre." Dann schwiegen alle.
An diesem schönen Sonntag gingen zwar viele Menschen auf dem Weg in beide Richtungen; aber niemand setzte sich auf die Bank. So wurde es allmählich Abend. Und als es bereits dämmerig war, erschien Hoppel und kroch auf sein Lager unter Carolinas Zweigen. Der kleinen Tanne flüsterte er zu, er sei im Park und auf Feldern gewesen, sei jetzt sehr müde und wolle schlafen. Carolina war froh, dass er unversehrt wieder zurück war. Ihre Nachbarn hatten Hoppels Rückkehr nicht bemerkt. Kurz danach kam auch Büschel, flitzte an Knorres Stamm hoch, setzte sich in die Spalte und tönte lauthals:
„Na, wie lange waren die Störenfriede denn hier? Haben sie interessante Neuigkeiten erzählt?"
„Wenn du hier geblieben wärest, hättest du alles mit anhören können und wüsstest jetzt Bescheid", antwortete Süntel, „aber du musst ja dauernd in der Gegend herumstrolchen. Du glaubst doch nicht etwa, dass wir dir jetzt alles berichten, was wir gesehen und gehört haben, Nein, nein, das bilde dir bloß nicht ein."
„So ist es, Süntel, so ist es", schnatterten die Sträucher durchein-

ander, „Büschel hat wahrscheinlich heute mehr erlebt als wir. Wir erwarten von ihm doch auch nicht, dass er uns erzählt, was er heute alles gesehen und gehört hat, gehört hat."
Knorre schmunzelte und Carolina sagte nichts dazu.
„Na gut, wenn ihr nicht wollt. Aber ich werde mir das merken", nuschelte Büschel enttäuscht. Dann verschwand er in Knorres Spalte.
„Lass diese Drohungen", rief Süntel ihm noch nach.
„Morgen hat er alles wieder vergessen", beschwichtigte Carolina, „er ist nicht nachtragend."
„Weiß ich ja", flüsterte Süntel, „aber das braucht er nicht zu hören. Hin und wieder müssen wir diesem Angeber mal unsere Meinung sagen. Findest du nicht auch?"
„Du hast ja Recht", räumte Carolina ein, „aber irgendwie ist er trotzdem ein netter Nachbar. Lass ihm doch seine gelegentliche Großspurigkeit. Wir sollten darüber hinwegsehen"
„Mache ich ja auch. Ich finde ihn ebenfalls ganz in Ordnung", äußerte Süntel und fügte noch gähnend hinzu: „Bin ich müde, meine Güte, bin ich müde. Ich glaube, dass ich heute Nacht besonders tief schlafen werde."
Dann wurde es ziemlich schnell dunkel. Menschen waren auf dem Weg jetzt nicht mehr zu sehen. Aber auf der Straße jenseits des großen Stoppelfeldes bewegten sich die Scheinwerfer der Autos von rechts nach links und von links nach rechts. Die Autos selbst waren in der Dunkelheit jedoch nicht zu erkennen. Und aus der Ferne schienen zahlreiche Lichter der kleinen Stadt am Berg herüber. Carolina und ihre Nachbarn betrachteten noch eine Weile dieses Bild. Dann aber wurden sie allmählich so müde, dass sie alsbald einschliefen.
Die nächsten Tage vergingen, ohne dass etwas Besonderes geschah. An einem Nachmittag jedoch erschien ein Mann mit einem großen Trecker, der ein breites Gerät zog und das Stoppelfeld an der Oberfläche umgrubberte, so dass die einzelnen Stoppeln nicht mehr senkrecht nach oben zeigten, sondern nach rechts und links, viele davon sogar unter der Erde verschwanden oder flach am Boden lagen. Diese Arbeit hatte der Mann aber bereits nach einigen Stunden

erledigt. Hoppel und Büschel waren froh, dass das Stoppelfeld nicht mehr so war wie nach der Ernte. Für beide war es jetzt weniger gefährlich, auf dem großen Feld herumzulaufen. Sie brauchten nicht mehr so sehr auf jede einzelne Stoppelspitze zu achten, die ihre Pfoten verletzen konnte.
Allmählich wurden die Tage kürzer und die Sonnenstrahlen fielen immer schräger auf das Land. Aber so häufig wie im Sommer schien die Sonne nicht mehr. An vielen Tagen war es trübe oder neblig und nasskalt. Oft trieb der Wind graue Wolken aus Richtung der kleinen Stadt vor sich her und es regnete häufiger als im Sommer. Auf dem Weg zwischen Knorre und der kleinen Tanne gingen an solchen Tagen gar keine oder nur wenige Menschen vorbei und auf die Bank am Weg setzte sich niemand mehr. Die Blätter der Sträucher und Knorres und Süntels Blätter verfärbten sich von Tag zu Tag mehr und waren schließlich ein Farbgemisch aus Braun, Gelb, Hellgrün und Grau. Wenn die Sonne schien, boten sie ein buntes Bild. Aber das war nur selten der Fall, da sie sich meistens hinter dicken Wolken verbarg. Schließlich fielen die bunten Blätter bei Windstille lautlos zu Boden. Oft wurden sie aber auch vom Wind von den Ästen gerissen und weit über das große Feld oder in den Park geweht. Es dauerte nur einige Wochen, bis Knorre, Süntel und die Sträucher kahl waren und etwas kläglich aussahen. Aber Knorre und Süntel kannten das. Sie hatten diesen Wechsel von einer Blätterpracht zu kahlen Ästen und Zweigen oft genug erlebt. Auch die Sträucher fanden sich mit diesem Zustand ab. Sie wussten, dass sie daran sowieso nichts ändern konnten.
„Jetzt ist deine große Zeit“, sagte Knorre eines Nachmittags zu Carolina, „du bleibst immer grün, auch im Winter und wirst bewundert. Wir dagegen sehen jetzt wie gerupft aus.“
„Du hast das ganze Jahr über grüne Blätter, wir beneiden dich darum“, riefen die Sträucher durcheinander und Süntel verbesserte: „Nadeln bitte. Carolina hat keine Blätter, auch dann nicht, wenn in einem Lied von Blättern die Rede ist.“
„Stimmt ja. Aber du weißt doch genau, was wir gemeint haben, gemeint haben“, reagierten die Sträucher scheinbar empört auf Süntels Belehrung. „Willst du uns schon wieder ärgern?“

Dann schwiegen alle eine Weile und blickten über die graue und trübe Landschaft. Als Carolina seufzte, wollten ihre Nachbarn besorgt wissen, was sie habe, ob es ihr nicht gut gehe.
„Doch, doch, mir geht es gut. Ich bin nur ein bisschen traurig darüber, dass der Sommer vorbei ist und die Tage so kurz und meistens wolkig und regnerisch sind", antwortete Carolina. „Warum kann es nicht immer Sommer sein?"
„Oh, Carolina, jammerst du mal wieder", spottete Süntel, „du weißt doch, dass wir am Wechsel der Jahrszeiten nichts ändern können. Also musst du dich damit abfinden."
„Ich jammere ja gar nicht", reagierte Carolina auf Süntels Worte, „aber Sehnsucht nach langen und warmen Tagen darf ich doch wohl haben. Oder?"
„Aber ja. War doch nicht so gemeint. Vergiss es", beschwichtigte Süntel die kleine Tanne. „Ich mag die langen und warmen Tage ja auch."
„Du hast für Gefühle kein Verständnis", mischten sich die Sträucher ein. „Du machst dich über alles lustig, alles lustig."
„Nicht über alles, aber über einiges schon", antwortete Süntel und schwieg anschließend.
„Es gibt Länder, in denen ist es immer warm ist", belehrte Knorre seine Nachbarn, die interessiert zuhörten. „Aber dort sind die Tage nicht so lang wie bei uns im Sommer. Die Sonne geht dort später auf als bei uns im Sommer und früher unter. Ich glaube kaum, dass wir uns dort wohl fühlen würden, weil es dort warm und trocken oder sehr warm und feucht ist. Ich meine, dass wir mit unserem Klima ganz zufrieden sein können. Hier bei uns ist es nur manchmal sehr warm und es regnet auch nicht allzu oft. Wir sollten uns über die Jahreszeiten nicht beklagen, auch nicht über den Winter, der ebenfalls reizvoll sein kann. Nicht nur der Sommer ist schön."
„Wie kommt es denn überhaupt, dass wir hier Frühjahr, Sommer, Herbst und Winter haben?", fragte Carolina nach einiger Zeit nachdenklich. „Kannst du mir das erklären, Knorre?"
„Wir möchten das auch wissen, auch wissen", plapperten die Sträucher durcheinander, „du wirst uns das sagen können, Knorre, du hast schon viel gesehen und gehört, gesehen und gehört." Knorre

fühlte sich geschmeichelt, dass er gefragt wurde, und er freute sich über das Interesse der kleinen Tanne und der Sträucher. Nur Süntel spielte den Gelangweilten, obwohl auch er interessiert zuhörte.
„Kannst du es erklären?", fragte Knorre etwas schulmeisterisch seinen Nachbarn Süntel. „Du müsstest es auf Grund deines Alters eigentlich wissen."
„Na ja, genau nicht", antwortete jener zögernd, „aber bevor ich etwas Falsches sage und mich blamiere, erkläre du es lieber."
„Du würdest dich nicht blamieren", meinte Knorre mit tief gedehnter Stimme, „die meisten wissen das nicht, jedenfalls bin ich davon überzeugt." Dann schwieg er einen Augenblick, holte tief Luft und setzte danach seine Belehrung fort: „Ihr wisst ja, dass die Erde eine Kugel ist, zwar nicht so ganz, weil sie am Nordpol und am Südpol etwas abgeflacht ist. Aber das ist für eine Antwort auf eure Frage nicht so wichtig. Und dann ist da die Sonne mit ihrer unvorstellbaren Helligkeit und Wärme, ohne die ein Leben auf unserer Erde nicht möglich wäre. Die ebenfalls kugelförmige Sonne, die von der Erde aus wie eine Scheibe aussieht, hat ihren festen Platz im Weltall. Die Erdkugel dagegen umkreist die Sonne innerhalb eines Jahres und dann dreht sie sich noch um ihre eigene Achse, und zwar innerhalb von 24 Stunden, also innerhalb eines Tages. Dadurch gibt es auf der Erde Tag und Nacht. Auf dem Teil der Erde, der von der Sonne beschienen wird, ist Tag und auf dem Teil, der nicht beschienen wird, ist Nacht. Die Erde dreht sich von West nach Ost um sich selbst. Deshalb geht für uns die Sonne im Osten auf und im Westen unter. Wenn sich die Erde von Ost nach West drehen würde, würde die Sonne im Westen aufgehen und im Osten untergehen. Alles klar so weit?"
„Ja, ja!", riefen Carolina und die Sträucher übereinstimmend. Nur Süntel schwieg, als sei er nicht interessiert. In Wirklichkeit hatte er jedoch aufmerksam zugehört. Aber so richtig verstanden hatte er Knorres Erklärungen nicht.
„Für dich auch alles klar, Süntel?", fragte Knorre zweifelnd seinen Nachbarn.
„Aber ja", gab jener selbstbewusst zur Antwort und tat so, als habe er alles begriffen. „Erzähle ruhig weiter. Ich habe alles verstanden."

„Und dann ist da noch der Mond, der sich um die Erde bewegt“, rief Büschel wichtigtuerisch dazwischen. Er hatte, für die anderen unbemerkt, sein Lager verlassen, hatte sich auf den Rand der Spalte gesetzt und aufmerksam das Gespräch zwischen den anderen verfolgt.
„Richtig, sehr richtig“, riefen die Sträucher durcheinander, „das hätten wir auch gewusst, auch gewusst.“
„Stimmt, Büschel“, lobte Knorre anerkennend, „aber lassen wir den Mond mal beiseite. Er ist für die Antwort auf eure Frage unwichtig. Wo ist übrigens Hoppel? Vielleicht interessiert er sich auch für meine Erklärungen.“
Bevor Carolina auf die Frage antworten konnte, gab Süntel zu verstehen, dass Hoppel vor etwa einer Stunde in den Park gelaufen sei. Er, Süntel, habe ihn gesehen. Dann fragte Knorre etwas spitzbübisch: „Wenn sich die Erde nicht um sich selbst drehen, sondern nur innerhalb eines Jahres die Sonne umkreisen würde, was hätte das zur Folge? Weiß es jemand von euch?“
Büschel, der einen Augenblick belustigt auf eine Antwort seiner Nachbarn wartete, die aber schwiegen, weil sie Knorres Frage nicht beantworten konnten, rief mit dem Brustton der Überzeugung, dass es dann nur auf der Seite der Erde hell sein würde, die der Sonne zugekehrt sei, auf der anderen Seite sei es Nacht, aber Tag und Nacht würden dann jeweils etwa ein halbes Jahr dauern.
“Stimmt das, Knorre?“ schnatterten die Sträucher ungläubig durcheinander. „Stimmt das?“ Carolina und Süntel schwiegen, weil sie unsicher waren und Büschels Erklärung nicht so recht nachvollziehen konnten.
„Das ist richtig,“ staunte Knorre über Büschels Antwort, der voller Stolz in die Runde blickte und dann in Knorres Spitze flitzte. „Sehr gut, Büschel,“ rief ihm Knorre anerkennend und begeistert nach, „große Klasse. Aber bevor es dann richtig hell, also Tag, werden würde, würde es zunächst wochenlang dämmerig sein. Die Dämmerung würde nur ganz allmählich in den hellen Tag übergehen. Entsprechend wäre es vor Eintritt der Nacht. Auch die würde nur ganz langsam über Wochen einsetzen.“

"Meine Güte, woher weißt du das, weißt du das, Büschel?" wollten die Sträucher wissen. Süntel fand vor Staunen über Büschel keine Worte, und Carolina bewunderte Büschel insgeheim. Dann fragte sie: „Aber wie kommt es denn nun zu den Jahreszeiten, Knorre?"
„Also," antwortete dieser langsam und betont sprechend, „die Erde umkreist innerhalb eines Jahres die Sonne und dreht sich innerhalb von 24 Stunden, also eines Tages, um sich selbst. Nun stellt euch mal vor, man würde einen langen Stab, also eine Achse, vom Nordpol bis zum Südpool durch die Erde schieben, und dieser Stab würde mit der Erde drum herum auf der Höhe der Sonne genau senkrecht zu ihr stehen, so dass die Sonnenstrahlen senkrecht auf den Bauch der Erde, also auf den Bereich des Äquators, fielen. Dabei würde sich die Erde weiterhin innerhalb eines Tages um sich selbst drehen und innerhalb eines Jahres die Sonne umkreisen. Würde es dann schon die vier Jahreszeiten bei uns geben? Was meint ihr?" Knorre blickte seine Nachbarn der Reihe nach an und wartete auf eine Antwort. Aber alle schwiegen.
„Was meinst du, Büschel?", wandte er sich dann direkt an das Eichhörnchen, das daraufhin unruhig von einem Ast zum anderen sprang. Carolina, Süntel und die Sträucher blickten gespannt hinter Büschel her, der zu überlegen schien.
„Na, was glaubst du?", hakte Knorre nach einigen Augenblicken nach.
„Glauben ist nicht Wissen", murmelte Süntel belehrend in die Runde. „Wenn du aber schon so fragst, Knorre, glaube ich nicht, dass allein durch eine solche Stellung der Erde zur Sonne die verschiedenen Jahreszeiten bei uns entstehen würden."
„Ich glaube es auch nicht", erklärte Büschel etwas zögerlich und unsicher. „Dann würden die Sonnenstrahlen ja jeden Tag zur selben Uhrzeit jeweils aus derselben Richtung auf die Erde fallen. Dann könnte es meines Erachtens keine verschiedenen Jahreszeiten geben."
„Du meinst sicher im selben Winkel auf die Erde treffen", verbesserte Knorre und fügte dann anerkennend hinzu: „Aber deine Antwort ist sehr gut, wirklich sehr gut, Büschel"
Carolina, Süntel und die Sträucher staunten erneut über Büschel

und sie bewunderten ihn. Sie hatten ihn bisher für einen uninteressierten, etwas windigen, nur auf sein Äußeres bedachten Zeitgenossen gehalten. Aber jetzt wuchs ihr Respekt vor seinem Wissen und seiner Fähigkeit, über etwas nachzudenken. Sie hatten ihn bisher völlig falsch eingeschätzt.

„Richtig. Wenn die Sonnenstrahlen jeden Tag zu jeder einzelnen Uhrzeit immer im selben Winkel auf die Erde fallen würden, der sich aber im Laufe des Tages wegen der Drehung der Erdkugel ständig änderte, könnte es keine Klimaunterschiede und damit auch keine vier Jahreszeiten bei uns geben", fuhr Knorre in seiner Belehrung fort, „wohl aber Temperaturunterschiede während des Tages, zum Beispiel morgens, mittags, abends, bei Sonnenschein oder bewölktem Himmel, aber keine jahreszeitlichen Unterschiede." Knorre machte eine Pause und blickte seine Nachbarn der Reihe nach an. Er spürte, dass sie ihn bewunderten und er war stolz darauf. Dann fuhr er fort: „Wenn die gedachte Stange durch das Innere der Erde vom Nordpol bis zum Südpol genau senkrecht zur Sonne stünde, würde diese überall auf der Erde zur selben Zeit aufgehen und untergehen."

„Wenn sie denn scheint", warf Süntel spöttisch ein. Knorre reagierte darauf innerlich etwas gereizt, aber nach außen scheinbar gelassen mit den Worten: „Die Sonne scheint immer, nach ihrem Aufgang bis zum Untergang auch bei uns. Allerdings sehen wir sie manchmal nicht, zum Beispiel wenn es bewölkt ist oder wenn du beim Aufgang noch pennst. Das dürfte selbst dir doch klar sein, Süntel. Auf jeden Fall würde sie immer zur selben Uhrzeit aufgehen und untergehen."

„Also zum Beispiel immer um 7 Uhr oder um 8 Uhr, überall auf der Erde?", fragten die Sträucher etwas ungläubig.

„Nein, nein, so meine ich das nicht", antwortete Knorre, „die Sonne würde auf einer gedachten Linie zwischen dem Nordpol und dem Südpol nicht überall zur selben Uhrzeit aufgehen und untergehen, also zum Beispiel um 7 Uhr morgens und 18 Uhr abends, aber an den einzelnen Orten auf dieser Linie würde sie immer zur selben Uhrzeit aufgehen und untergehen. Das könnte um 7 Uhr morgens und 18 Uhr abends sein, aber auch zum Beispiel um 7.20 Uhr und

18.10 Uhr. Daran würde sich das ganze Jahr über nichts ändern."
Knorre schwieg wieder eine Weile, bis Carolina erneut fragte:
„Und wie kommt es nun, dass wir vier Jahreszeiten haben?"
„Ja, wie kommt es dazu, Knorre?", wollten auch die Sträucher wissen.
„Ich kann es mir vorstellen, ich kann es mir vorstellen", tönte Büschel lauthals von einem schwankenden Ast herab, „ganz einfach, ganz einfach. Man braucht die gedachte Stange mit der Erde drum herum, also die Achse, nur etwas zur Seite zu kippen. Wenn die Erde in dieser Stellung die Sonne umkreist, gibt es bei uns die vier Jahreszeiten."
Süntel, die Sträucher und Carolina blickten ungläubig auf Knorre, der begeistert auflachte und dann rief:
„Toll, Büschel, du bist große Klasse. Genau so ist es, ja, genau so ist es."
„Und warum ist das so?", fragte Carolina etwas verunsichert.
„Ich will es euch erklären", antwortete Knorre und holte tief Luft. „Ich sagte bereits, dass die kugelige Sonne ihren festen Platz im Weltall hat und dass die Erde die Sonne innerhalb eines Jahres umkreist. Wenn die Erde die Sonne nicht in einer senkrechten Stellung zu ihr umrundet sondern zwischen Nordpol und Südpol in einer Schräglage, also in einer leichten Neigung, ist mal die Nordhalbkugel der Erde am stärksten gegen die Sonne gekippt, dann ist bei uns Sommer, und mal am geringsten, dann ist bei uns Winter, aber auf der Südhalbkugel ist Sommer, weil dann dieser Teil der Erde am stärksten gegen die Sonne geneigt ist. Im Sommer fallen die Sonnenstrahlen somit steiler auf die jeweilige Erdhalbkugel und es ist dann tagsüber hell und wärmer, im Winter dagegen flacher, so dass es dann weniger hell und warm ist als im Sommer. Da die Umkreisung der Erde ein Jahr dauert, ist zwischen Sommer und Winter der Herbst und zwischen Winter und Sommer der Frühling."
Knorre machte eine kurze Pause und ergänzte dann, wobei er von einem zum anderen blickte, als wollte er herausfinden, ob seine Nachbarn alles verstanden hatten: „Da, wo der Bauch der Erde ist, also am Äquator und etwas nördlich und südlich davon, wirkt

sich die Schrägstellung der Erde zur Sonne jedoch kaum aus. Dort fallen die Sonnenstrahlen immer senkrecht oder fast senkrecht auf die Erde. Deshalb ist es da immer warm, also immer Sommer. Dort gibt es keine langen Tage wie bei uns im Sommer und keine kurzen, dunklen Tage wie bei uns im Winter. Die Sonne geht im Bereich des Äquators das ganze Jahr über fast zur selben Uhrzeit auf und unter." Knorre machte wieder ein Pause und fragte anschließend, ob seine Zuhörer alles verstanden hätten. Als diese seine Frage bejahten, fuhr er fort: „Am stärksten ist die Nordhalbkugel, auf der wir uns befinden, am 21. Juni gegen die Sonne gekippt. Deshalb ist an diesem Datum der Tag am längsten und die Nacht am kürzesten. Von da ab werden die Tage wieder kürzer, zunächst jedoch nur ganz allmählich. Aber Ende Juli merkt man es schon, dass es früher dunkel wird. Am 21. Dezember ist die Südhalbkugel am stärksten gegen die Sonne gekippt. Dann ist dort Sommer und der Tag am längsten. Bei uns ist dann Winter und an diesem Datum ist bei uns der Tag am kürzesten und die Nacht am längsten. Von da ab werden die Tage jedoch wieder länger, zunächst ganz allmählich, aber Ende Januar merkt man es schon." Dann schwieg Knorre erneut einen Moment, um dann nachdenklich mit etwas verhaltener Stimme fortzufahren: „Ja, so ist das alles. Und es ist gut so. Besser geht es gar nicht." Nach einer weiteren kurzen Pause erklärte Knorre noch: „Ihr solltet schließlich wissen, dass sich ganz oben im Norden und ganz unten im Süden der Erdkugel die Schrägstellung der Erde zur Sonne besonders stark auswirkt. Dort ist es nämlich jeweils im Sommer mehrere Wochen lang 24 Stunden, also den ganzen Tag über, hell, weil die Sonne dort in dieser Zeit nicht untergeht, sondern über dem Horizont bleibt und dann wieder aufsteigt. Und im Winter ist es dort mehrere Wochen lang Tag und Nacht dunkel oder fast dunkel, weil die Sonne dann nicht über den Horizont kommt."

Knorre schwieg wieder eine Weile und sagte danach mit leiser Stimme: „Ist das alles nicht wunderbar eingerichtet für die Menschen, Tiere und Pflanzen?"

„Ja, ja", seufzte Carolina, „wer hat sich das bloß so ausgedacht und so geschaffen?"

„Die Menschen jedenfalls nicht", äußerte Süntel, „die sind dazu

nicht in der Lage. Die würden dieses Wunderwerk eher zerstören, wenn sie es könnten, jedenfalls einige von ihnen."
„Das glauben wir auch, glauben wir auch", unterstützten die Sträucher Süntels Auffassung. Carolina und Knorre schwiegen dazu und Büschel meinte ironisch, dass es den Menschen schon gelingen werde, zumindest einen Teil der schönen Erde zu beschädigen oder gar zu zerstören. Leider hätten die Tiere und Pflanzen keinen Einfluss darauf, was mit der Natur angestellt werde. Aber man müsse auch sagen, dass es Menschen gäbe, die sich bemühten, die Natur auf der Erde zu schützen und zu erhalten. Viele aber seien gedankenlos. Ihnen sei es egal, was mit der Natur geschehe. Sie dächten nur an sich, an ihren Wohlstand und ihre Bequemlichkeit.
Dann schwiegen alle eine Zeit lang. Knorre sagte schließlich noch an seine Nachbarn gewandt, sie sollten mal darüber nachdenken, was sie gehört hätten. Vielleicht würden sie es dann auf Dauer behalten. Im Grunde sei die Entstehung der Jahreszeiten ganz einfach zu erklären.
Inzwischen hatte sich die Dämmerung über das Land gelegt, und Carolina war beruhigt, als Hoppel erschien und sein Lager unter ihren Zweigen aufsuchte.
„Schön, dass du wieder da bist", flüsterte sie dem Hasen zu. „Hast du heute was Besonderes erlebt?"
„Nein", antwortete jener, „ich bin auf dem großen Feld herumgestrolcht und habe mich dort mit Freunden getroffen. Ich war sogar bis zur Straße. Aber ich habe mich wegen des starken Verkehrs nicht getraut, sie zu überqueren, obwohl ich gern mal gesehen hätte, was jenseits der Straße so los ist."
„Gut, dass du es nicht getan hast, Hoppel", äußerte Carolina fürsorglich, „es wäre für dich zu gefährlich gewesen. Bleibe lieber auf dem Feld oder im Park. Und nun ruhe dich aus und schlafe gut."
„Schlafe du auch gut", gähnte Hoppel und kurze Zeit danach hörte Carolina sein gleichmäßiges Atmen. Sie wusste jetzt, dass er eingeschlafen war.
Die kleine Tanne dachte an diesem Abend noch lange über das nach, was sie von Knorre gehört hatte, und es gelang ihr, alles noch einmal nachzuvollziehen. Hierüber war sie sehr stolz auf sich. Sie

nahm sich vor, am nächsten Tag Hoppel darüber zu berichten, was sie von Knorre gelernt hatte. Aber sie war sich nicht sicher, ob Hoppel das überhaupt würde hören wollen. Dann wurde sie allmählich so müde, dass auch sie alsbald einschlief.

Die Tage wurden nun von Woche zu Woche kürzer und manchmal schneite es schon ein bisschen. Aber der Schnee blieb nicht liegen. Er taute ziemlich schnell wieder weg. Dann kam die Adventszeit. Carolina und ihre Nachbarn bemerkten, dass am Abend und in der Nacht die Helligkeit über der kleinen Stadt am Berg stärker war als sonst und sich hin und wieder in tief hängenden Wolken widerzuspiegeln schien. Carolina wusste, dass dieses Licht von der Adventsbeleuchtung kam, die in den Wochen vor Weihnachten die Stadt zusätzlich erhellte.

Büschel erzählte eines Nachmittags, als er kurz vor Beginn der Dämmerung aus dem Kurort zurückkehrte, dass dort auf dem Marktplatz ein großer Tannenbaum mit vielen Lichtern und bunten Kugeln aufgestellt sei. Auch seien Girlanden aus Tannenzweigen mit Glühbirnen über die Straßen gezogen, die jetzt belebter seien als sonst. Viele Menschen würden im Ort herumbummeln, vor den Schaufenstern stehen bleiben und mit Paketen und Taschen in den Händen ihre Autos aufsuchen, um ihre eingekauften Sachen darin abzutransportieren. In dieser Zeit sei es im Kurort viel interessanter als sonst. Es gäbe viel zu sehen und zu hören. Deshalb sei er an diesen Tagen dort auch von morgens bis abends unterwegs.

Carolina und ihre Nachbarn beneideten Büschel darum, dass er den Kurort aufsuchen und dort vieles erleben konnte. Sie selbst waren dazu nicht in der Lage. Aber sie wussten das und hatten sich inzwischen damit abgefunden. Trotzdem waren sie nicht unzufrieden mit ihrem Schicksal. Es gab auch für sie genug Abwechslung, zwar weniger jetzt im Winter, aber im Sommer um so mehr.

Eines Nachmittags erschien das Mädchen Carolina mit seinen Eltern und seiner kleinen Schwester Katarina, die in einer Karre saß, auf dem Weg. Sie blieben vor der Tanne stehen und das Mädchen Carolina trat an die Tanne heran und hängte etwas goldenes Lametta an einige Zweige. Sie tat das sehr vorsichtig und sagte dazu: „Die kleine Tanne Carolina soll auch etwas weihnachtlich

aussehen, wenn sie hier schon den ganzen Tag so allein bei Wind und Wetter stehen muss."
„Schön hast du das gemacht", wurde das Mädchen von seinen Eltern gelobt. „Behalte von dem Lametta aber noch etwas für die Tanne deiner Schwester."
„Ich habe noch genug davon", erwiderte das Mädchen.
Knorre und die Sträucher sahen dem Geschehen interessiert zu, während Süntel etwas amüsiert war. Die kleine Tanne war ganz gerührt. Hoppel und Büschel waren zu dieser Zeit nicht in der Nähe. Dann entfernten sich das Mädchen, seine Eltern und seine Schwester in Richtung zur anderen kleinen Tanne, die der Vater und das Mädchen Carolina vor Monaten in einiger Entfernung von Knorre links vom Weg gepflanzt hatten.
Süntel konnte es nicht lassen zu spotten:
„Jetzt könnte man dich Lametta-Carolina nennen. Nein, das ist zu lang; besser würde Lametta-Lina klingen." Um Carolina nicht zu verärgern fügte er gleich schmeichelnd hinzu: „Aber diese Flatterstreifen stehen dir gut. Das muss ich einräumen. Ich befürchte nur, dass sie bald vom Wind weggeweht werden."
„Du nimmst kaum etwas ernst, wenn es um Carolina und um uns geht", beschwerten sich die Sträucher. „Du bist ein Lästermaul und nur zufrieden, wenn du im Mittelpunkt stehst, im Mittelpunkt stehst."
„Meine Güte, was habe ich denn nun schon wieder falsch gemacht? Ich habe mich doch nur ein bisschen über Carolina amüsiert. Mehr nicht", beschwichtigte Süntel. „Es wäre langweilig, wenn wir alles ernst nehmen würden." Als keine Reaktion von Carolina erfolgte, wandte er sich nach einem Augenblick an die kleine Tanne: „Bist du beleidigt?"
„Nein", antwortete diese, „aber das Mädchen hat es mit dem Lametta ernst gemeint und deshalb sollte man sich nicht darüber lustig machen. Ich freue mich, dass das Mädchen an mich gedacht und mich ein bisschen geschmückt hat."
„Eigentlich brauchst du gar keinen Schmuck", mischte sich Knorre mit dunkler Stimme schmeichelnd und gleichzeitig schlichtend ein, „du bist prima gewachsen und siehst besonders jetzt im Winter rich-

tig gut aus. Außerdem ist bald Weihnachten und da passt Lametta sowieso zu dir."

Süntel grinste etwas und nuschelte dabei:

„Knorre findet immer die passenden Worte und ist deshalb bei allen beliebt."

Carolina freute sich über Knorres Schmeichelei. Nur die Sträucher schmollten noch etwas und schnatterten: „Trotzdem könnte sich Süntel mit seinen ironischen Bemerkungen zurückhalten. Gegenüber Knorre äußert er sich nicht so. Wohl, weil er zu viel Respekt vor ihm hat." Dann schwiegen alle und waren zufrieden.

Kurz vor Einbruch der Dunkelheit erschien Hoppel, der wegen des Lamettas an Carolinas Zweigen zunächst etwas irritiert war und deshalb fragte, wer das denn an die Tanne gehängt habe. Carolina erzählte es ihm. Dann suchte Hoppel sein Lager auf und schlief alsbald ein. Gleich danach kam auch Büschel zurück. Als er das Lametta an Carolinas Zweigen bemerkte, fragte er:

„Wer hat dich denn so herausgeputzt? Du siehst ja fast aus wie der Weihnachtsbaum im Kurort. Aber nur fast, Carolina. Es fehlen noch Glitzerkugeln und Kerzen. Hoffentlich bleibt das Lametta bis Weihnachten an deinen Zweigen hängen."

Dann verschwand er in Knorres Spalte, ohne Carolinas Antwort auf seine Frage abzuwarten. An einem längeren Gespräch mit seinen Nachbarn war er nicht interessiert. Er war vom vielen Herumstromern im Kurort zu müde. Einige Tage später kam Wind auf, der das Lametta aus Carolinas Zweigen zerrte und weg wehte. Süntels Befürchtungen hatten sich damit erfüllt und Carolina war etwas traurig darüber, dass das Lametta nur eine kurze Zeit an ihren Zweigen gehangen hatte.

Dann kam der Heiligabend. Es herrschte an diesem Tage klares, kaltes Wetter. Am Vormittag waren noch einige Menschen auf dem Weg in beide Richtungen gegangen. Aber am Nachmittag erschien niemand mehr. Auf der Straße jenseits des großen Feldes wurde der Verkehr immer weniger und als es dunkel wurde, fuhren nur noch vereinzelt Autos in beide Richtungen. Carolina, Knorre, die Sträucher und Süntel konnten das von ihrem Standort aus gut beobachten. Sie sahen die Lichter der Autos von rechts und links auf-

tauchen und dann hinter Hecken und Bäumen wieder verschwinden.
Hoppel kehrte kurz vor Einbruch der Dunkelheit aus dem Park zurück. Bevor er sein Lager unter den Zweigen der kleinen Tanne aufsuchte, rief er seinen Nachbarn noch zu, dass am Nachmittag nichts los gewesen sei im Park. Nur einen alten Mann habe er gesehen, der langsamen Schrittes auf einem Weg gegangen sei und wiederholt an Bäumen hochgeblickt habe, als suche er etwas in den Wipfeln. „Langweilig war das heute, wirklich langweilig", beklagte er sich. „Es waren kaum Menschen unterwegs. Vormittags habe ich trotz des schönen Wetters nur einige im Park gesehen und nachmittags lediglich den alten Mann. Was ist das bloß für ein trauriger Tag heute." Dann kroch er auf sein Lager unter den Zweigen der kleinen Tanne und schlief bald ein.
Als der volle Mond zwischen den kahlen Zweigen der Bäume auftauchte, die links von Carolina in einiger Entfernung am Weg standen, wurde Knorre etwas unruhig, weil Büschel noch nicht zurückgekehrt war.
„Ich möchte wissen, wo der heute steckt. Er war doch sonst immer vor Einbruch der Dunkelheit zurück", sorgte sich Knorre gegenüber seinen Nachbarn.
„Er wird schon kommen", beruhigte Süntel die Eiche, „er kennt sich ja im Kurort und im Park aus. Ich bin sicher, dass er den Weg zurück finden wird, zumal klares Wetter ist und der Mond scheint."
„Ja, wir glauben das auch, glauben das auch", erklärten die Sträucher mit verhaltener Stimme, aus der zu entnehmen war, dass sie sich ebenfalls Sorgen um Büschel machten. Carolina schwieg. Aber auch sie war beunruhigt und hoffte, dass Büschel bald unversehrt wieder auftauchte. Obwohl in den folgenden zwei Stunden niemand sprach, spürte Carolina, dass Knorre, Süntel und die Sträucher noch nicht schliefen und unruhig auf die Rückkehr von Büschel warteten. Erst als der Mond hinter den Bäumen hervorgekommen war und den Weg und die daran stehenden Bäume und Büsche voll erhellte, erschien plötzlich Büschel auf dem Weg aus Richtung des Kurortes und hockte sich außer Atem auf der kleinen Rasenfläche an Knorres Stamm nieder. Er war vom schnellen Laufen so erschöpft,

dass er wie ein Maikäfer kurz vor dem Abflug pumpte.
„Gut, dass du endlich wieder da bist“, brummte Knorre erleichtert und gleichzeitig etwas vorwurfsvoll. „Wir haben uns schon Sorgen um dich gemacht. Wo warst du denn so lange?“
„Ja, wo warst du so lange?“, wiederholten die Sträucher Knorres Frage. „Erzähle, Büschel, erzähle.“
Süntel wollte erst die Bemerkung machen, dass die Sträucher ihre Neugierde zügeln sollten; aber er unterdrückte eine solche Äußerung, um sie nicht schon wieder zu verärgern. Stattdessen erklärte er etwas gereizt:
„Lasst Büschel doch erst einmal wieder zu sich kommen. Seht ihr denn nicht, dass er noch ganz außer Puste ist?“
„Ruhe dich erst einmal aus, bevor du uns erzählst, warum es so spät geworden ist“, unterstützte Carolina ihren Nachbarn Süntel. „Wir haben uns schon große Sorgen um dich gemacht.“
„Natürlich soll er erst wieder zu Atem kommen“, meinten die Sträucher darauf. „Wir wollen ja gar nicht, dass er sofort erzählt, sofort erzählt.“
„Gleich bin ich so weit“, antwortete Büschel noch etwas nach Luft ringend, „dann erzähle ich.“
Carolina, Knorre, Süntel und die Sträucher warteten nun gespannt darauf, was Büschel zu berichten hatte, der mit seiner Erzählung nicht mehr lange auf sich warten ließ: „Ich war den ganzen Nachmittag im Kurort; und als ich kurz vor Einbruch der Dämmerung zu euch zurück wollte, sah ich, dass viele Menschen in Richtung zur Kirche gingen. Ich wurde neugierig und huschte auf einen Baum, von dem aus ich den Eingang zur Kirche beobachten und auch durch ein Fenster in das Innere der Kirche blicken konnte. Was ich sah, war sehr interessant.“ Dann machte Büschel eine Pause, bis die Sträucher ihn erwartungsvoll baten, weiter zu erzählen. Süntel konnte sich nicht verkneifen, die Sträucher aufzufordern, Büschel nicht zu drängen. Jener werde schon von allein mit seinem Bericht fortfahren. Die Sträucher waren zwar über Süntels Bemerkung etwas verärgert; aber sie schwiegen dazu.
„Ja, es war sehr interessant“, fuhr Büschel fort. „Viele Menschen, darunter auch Kinder, strömten in die Kirche, in der ein großer

Tannenbaum mit brennenden Kerzen aufgestellt war. Zwei erwachsene Männer waren nach meinem Eindruck jedoch angetrunken. Sie waren in Begleitung ihrer Familie. Sie schwankten etwas und in der Kirche saßen sie zeitweise mit geschlossenen Augen auf der Bank. Ich glaube nicht, dass sie verstanden haben, was der Pastor predigte."

Süntel unterbrach Büschel und meinte trocken: „Für diese beiden wird es wohl eine besonders fröhliche Heilige Nacht, vor allem, wenn sie nach dem Kirchgang weiter süffeln, was ich vermute."

„Wenn die zu Hause versuchen sollten ‚Oh du fröhliche…' zu singen, wird das wahrscheinlich eine Grölerei", amüsierten sich die Sträucher. „Wir nehmen aber an, dass sie alsbald nach dem Kirchgang groggy ins Bett schwanken werden."

Auch Knorre sprach die Vermutung aus, dass die beiden nach der Kirche wohl noch weiterpicheln werden und dass der erste Weihnachtstag dann besonders ruhig für sie verlaufen werde. Dann fragte er Büschel, was er denn sonst noch gesehen und gehört habe.

„Einige Schritte vor dem Eingang zur Kirche hockte ein Bettler, der vor sich ein kleines Tuch ausgebreitet hatte", fuhr Büschel mit seiner Erzählung fort, „der aber nur von vier Leuten Münzen bekam, die auf das Tuch geworfen wurden."

„Hast du auch verstehen können, was der Pastor predigte?" wollten die Sträucher wissen.

„Nein, das konnte ich nicht. Ich habe die Menschen in der Kirche aber singen hören", antwortete Büschel. „Es waren schöne Lieder."

„War auch das Lied von der Tanne mit den angeblich grünen Blättern dabei?", fragte Süntel schmunzelnd.

„Nein, jedenfalls habe ich es nicht gehört", entgegnete Büschel. „Mir ist aber aufgefallen, dass einige Kinder sehr unruhig auf den Bänken saßen und sich wiederholt zu anderen Kindern umblickten."

„Dadurch wurden die Erwachsenen, die hinter diesen Kindern saßen, wohl abgelenkt, wohl abgelenkt?", mutmaßten die Sträucher.

„Nein, den Eindruck hatte ich nicht", erklärte Büschel. „Die Erwachsenen hinter diesen Kindern haben sie kaum beachtet."

„Mich wundert es nicht, dass sich einige Kinder umblickten, um den hinter ihnen sitzenden Menschen ins Gesicht zu sehen, insbesondere den dort sitzenden Kindern", bemerkte Süntel trocken. „Was der Pastor vorn am Altar betete und von der Kanzel predigte, verstanden sie wahrscheinlich gar nicht. Für sie war es wohl langweilig, auf die Hinterköpfe anderer Menschen zu blicken."

„Oder möglicherweise auf den Specknacken eines Mannes oder einer Frau", lachte Knorre. „Da waren die Gesichter der hinter den Kindern sitzenden Menschen schon interessanter, selbst wenn diese etwas geistesabwesend gewirkt haben sollten, weil sie nicht auf die Predigt des Pastors hörten, sondern an alle möglichen anderen Dinge dachten." Carolina und die Sträucher amüsierten sich über die Äußerungen von Knorre und Süntel.

„Knorre hat eine gute Phantasie", meinte Büschel. „Mir ist nämlich noch aufgefallen, dass nicht nur die beiden angetrunkenen Kirchenbesucher wiederholt ihre Augen geschlossen hatten, sondern auch einige andere Erwachsene. Wahrscheinlich hatten sie kein Interesse an der Predigt des Pastors."

„Warum sind die dann bloß in die Kirche gegangen?", fragte Carolina, ohne eine Antwort zu erwarten.

„Vielleicht wegen ihrer Kinder oder weil es ihr Ehepartner so wollte, vielleicht hatten sie aber auch die Augen geschlossen, weil der Pastor für sie langweilig predigte", zählte Süntel als mögliche Erklärungen auf. „Es ist nämlich recht schwierig, so interessant zu predigen, dass alle oder fast alle Kirchenbesucher zuhören. Das können meines Erachtens nur wenige."

„Es kann doch aber auch sein, dass sie die Augen geschlossen hatten, weil sie sich ganz besonders auf die Predigt konzentriert haben", fügte Carolina als weitere Erklärung hinzu.

„Kann sein", meinte Büschel, „aber bei einem war das sicher nicht so; denn bei dem sackte wiederholt der Kopf nach vorn."

„Muss der eine schwere Birne gehabt und wohl auch jetzt noch haben", spottete Süntel, „wahrscheinlich ist dem der Alkohol in den Kopf gestiegen, den er schon vor dem Kirchgang gepichelt hatte."

„Der Heiligabend wird heutzutage von nicht gerade wenigen Menschen als Tag zum Feiern angesehen, wobei der Kirchenbesuch allerdings nicht fehlen darf, weil der für viele schon seit den

Kindertagen einfach dazu gehört", meinte Knorre. „Nach dem Kirchgang und dem gegenseitigen Beschenken suchen viele junge Menschen eine Kneipe auf und palavern dort bis in die Nacht hinein. Es versteht sich von selbst, dass dabei auch Alkohol getrunken wird. Früher war das nicht so. Da hatten die Kneipen und sogar die Kinos am Heiligabend geschlossen, so dass die Menschen gezwungen waren, zu Hause zu bleiben. Allenfalls konnten sie Bekannte oder Verwandte aufsuchen oder diese bei sich zu Hause empfangen." Knorre schwieg einen Moment und fuhr dann etwas nachdenklich fort:
„Viele Menschen, die am Heiligen Abend die Kirche besuchen, lassen sich dort an den Sonntagen und übrigen Feiertagen im Jahr nicht blicken. Früher war das nach allem, was ich gehört habe, anders. Da gehörte der Kirchenbesuch für die meisten Menschen zum Sonntag dazu, jedenfalls auf dem Lande."
‚Meine Güte, jetzt fängt Knorre schon wieder an, in der Vergangenheit zu schwelgen', dachte Süntel, aber er sagte es nicht, weil er seinen Nachbarn nicht verletzen wollte. Jener war viel älter als er, hatte weitaus mehr gesehen und gehört und beschäftigte sich mehr mit der Vergangenheit als seine jüngeren Nachbarn. Im Übrigen legte Süntel trotz seiner gelegentlichen spöttischen Bemerkungen Wert auf eine gute Nachbarschaft.
Trotzdem konnte er sich die vorsichtige Frage nicht verkneifen: „Aber meinst du denn, Knorre, dass der Heilige Abend früher so viel besser gefeiert wurde als heute?"
„Das möchte ich so nicht sagen", antwortete Knorre, „aber zumindest hatte dieser Tag früher für viele Familien eine größere Bedeutung als heute. Denkt nicht nur an die vielen besonders jungen Menschen, die an diesem Abend eine Kneipe aufsuchen, sondern auch an die vielen, die über Weihnachten verreisen und diese Tage nur als willkommene Freizeit ansehen, sonst jedoch von Weihnachten nichts halten. Aber das ist meine Meinung. Viele werden darüber anders denken."
„Woher weißt du das alles, Knorre?", wollten die Sträucher wissen, „ja, woher weißt du das alles?"
„Ich habe im Laufe meines langen Lebens vieles von Menschen

gehört, aber auch von Tieren, die mit Menschen zusammenleben oder sie beobachten", antwortete Knorre. „Denkt nur mal daran, was wir allein heute schon alles von Büschel erfahren haben." Nach einer kurzen Pause forderte er Büschel auf, weiter über das zu berichten, was er im Kurort erlebt hatte.

„Ja, und als der Gottesdienst zu Ende war, gingen die Menschen langsam aus der Kirche", erzählte Büschel weiter, „sie wurden an der Kirchentür sogar von dem Pastor mit Handschlag verabschiedet."

„Das gab es früher nicht", unterbrach Knorre seinen Bewohner Büschel, „nein, das gab es früher nicht, jedenfalls habe ich bisher nie etwas davon gehört."

„Die Pastoren hatten es früher ja auch nicht nötig, sich auf diese Weise bei ihren Besuchern für ihr Erscheinen zu bedanken", meinte Süntel. „Die Menschen kamen sowieso, jedenfalls viele. Glaubt bloß nicht, dass sich der Pastor nur aus Höflichkeit per Handschlag von den Kirchenbesuchern verabschiedet. Er möchte, dass sie wiederkommen. Ob sie das jedoch tun werden, hängt wahrscheinlich davon ab, wie gut es der Pastor versteht, sie mit seiner Predigt zu fesseln".

„Und von ihren Plänen, die sie für die Sonntage und Feiertage haben", ergänzte Knorre. „Früher war der Kirchgang an einem Sonntag oder sonstigen Feiertag für viele Menschen eine willkommene Abwechslung, jedenfalls in den Dörfern und kleinen Städten. Er bot die Gelegenheit, Bekannte und Verwandte zu treffen und sich einige Zeit mit ihnen zu unterhalten. Heute haben die Menschen weitaus mehr Möglichkeiten, an einem Sonntag etwas zu unternehmen. Ein Kirchgang würde deshalb eine Einschränkung ihrer freien Zeit bedeuten, was viele nicht wollen. Im Übrigen sind nicht gerade wenige von vornherein gar nicht daran interessiert, was der Pastor am Sonntag von der Kanzel predigt. Aber erzähle weiter, Büschel. Was ist dir noch aufgefallen?"

„Meine Güte, was gibt es für unterschiedliche Gesichter und Figuren unter den Menschen", fuhr Büschel nachdenklich fort, „das fällt erst so richtig auf, wenn viele zusammen sind: Alte und junge, offen und verschlossen wirkende Gesichter, freundliche und vergrämte. Aber wirklich schöne Menschen, die auch eine gute Figur haben,

sind selten."
„Und dann sind solche Menschen in der Regel auch nur in der Jugend schön", lachte Süntel. „Wenn sich erst einmal Hügel und Täler im Gesicht gebildet haben und die Figur krumm geworden und in die Breite und nach vorn gewachsen ist, ist es mit der Jugend vorbei."
„Manchmal kommen die Falten im Gesicht vom vielen Lachen", meinte Knorre, „jedenfalls glauben das einige."
„Um die zu vermeiden, lachen Menschen mit zunehmendem Alter wohl auch weniger", spottete Süntel. „Wahrscheinlich haben sie dann auch nicht mehr viel zu lachen."
„Du solltest dich nicht über ältere Menschen und ihre Falten lustig machen", ermahnte Carolina ihren Nachbarn Süntel, „du wirst auch nicht jünger und möglicherweise werden deine kringeligen Äste und Zweige mit zunehmendem Alter noch verdrehter."
„Und dann diese Übertreibung", unterstützten die Sträucher die kleine Tanne, „wie kann man von Hügeln und Tälern im Gesicht eines Menschen sprechen, eines Menschen sprechen."
„Wenn ihr die Falten unter einem Vergrößerungsglas betrachten würdet", reagierte Süntel weiter spöttelnd darauf, „würden sie in einigen Gesichtern sogar wie Gebirgsketten aussehen, wie Felsmassive und tiefe Schluchten."
„Niemand betrachtet Falten aber durch ein Vergrößerungsglas", ereiferte sich Carolina, „und im Übrigen kann auch ein faltenreiches Gesicht schön aussehen. Wer sieht überhaupt schön aus? Diese Frage entscheidet doch nur der Betrachter. Wenn der ein Gesicht schön findet, egal ob ohne oder mit Falten, ist die Meinung anderer darüber völlig unwichtig. Die Ansichten über die Schönheit eines Menschen oder einer Sache sind nun mal unterschiedlich. Und das ist gut so."
„Carolina hat Recht", meinte Knorre, „jeder und jedes hat seine eigene Schönheit, die sich allerdings im Laufe der Zeit verändert. So ist es nicht nur bei uns, sondern auch bei den Menschen. Auch ich war früher mal schöner und mein Stamm, meine Äste und Zweige waren glatter als heute."
Nach einer Pause wollte Carolina von Büschel wissen, ob der Bettler

vor der Kirche noch Geld von einigen Kirchenbesuchern bekommen habe, als diese die Kirche verlassen hatten.
„Ja, ja, einige haben etwas gegeben. Aber ich glaube nicht, dass es größere Beträge waren", gab Büschel zur Antwort. „Die meisten haben den Bettler nicht beachtet."
„Die dachten wohl mehr an ihre eigenen Geschenke, die sie erwarteten, als an den Bettler", murmelte Süntel. „Ich hätte auch nichts gegeben. Wer weiß, vielleicht hat er seine Armut selbst verschuldet oder sie nur vorgetäuscht."
„Davon kannst du doch nicht von vornherein ausgehen", meinte Carolina darauf, „ich kann mir nicht vorstellen, dass sich jemand ohne wirkliche Armut am Heiligabend vor eine Kirche setzt und bettelt. Und was heißt schon selbst verschuldet? Wann hat man das?"
„Du bist immer gutgläubig", brummte Süntel in sich hinein. „Die Menschen sind aber nicht alle so gut und ehrlich wie du glaubst."
„Wir geben Carolina Recht", plapperten die Sträucher durcheinander, „wir geben ihr Recht."
Dann schwiegen alle. Und nach einer Weile erklärte Büschel noch, dass er, als alle Menschen die Kirche verlassen hätten, so schnell wie möglich zu seinem Zuhause geeilt sei. Den Weg dorthin habe er bei dem hellen Mondlicht ohne Schwierigkeiten gefunden.
„Jetzt bin ich aber hundemüde. Heute Nacht werde ich wohl tief schlafen", gähnte er und suchte anschließend Knorres Spalte auf.
„Warum bringst du deine Müdigkeit ausgerechnet mit einem Hund in Verbindung?", rief Süntel ihm noch nach. „Andere Tiere sind doch auch oft sehr müde, zum Beispiel Kühe, Pferde und Schweine, nicht nur Hunde." Aber Büschel hörte die Bemerkung von Süntel nicht mehr. Er war fast blitzschnell in der Spalte verschwunden und alsbald eingeschlafen.
„Stimmt ja, was du sagst", meinte Knorre, „aber pferdemüde, kuhmüde oder schweinemüde sagt niemand, hundemüde schon. So ist es nun mal."
„Die armen Köter müssen oft für etwas herhalten, wofür sie nichts können", lachte Süntel. „Mir ist hundeelend, weil es heute hundekalt ist. Und jetzt bin auch ich hundemüde. Schlaft alle gut."

„Es ist richtig, Süntel, die Hunde oder Köter wie du sie genannt hast müssen für einige Ausdrücke herhalten, mit denen man einen Zustand oder einen Menschen charakterisieren will." Knorre überlegte einen Augenblick und fügte dann hinzu: „Man spricht auch, wenn jemand zum Beispiel das Verhalten eines Menschen kritisieren will, von einem dicken Hund, von einem gemeinen Hund, von einem blöden Hund, einem aggressiven Hund und einem scharfen Hund, auch von Hundstagen, von hundsgemein und von hundsmiserabel. Vielleicht gibt es sogar noch weitere Ausdrücke im Zusammenhang mit Hund, die mir im Augenblick nicht einfallen."

„Du hast noch den Schweinehund vergessen", ergänzte Süntel, „den es in dieser Zusammensetzung gar nicht gibt. Und dann haben wir ja schon mal erlebt, dass Büschel geheult hat wie ein Schlosshund, als sein schönes Fell nass geworden war. Jetzt möchte ich aber wirklich schlafen. Gute Nacht."

Knorre schmunzelte und Carolina und die Sträucher lachten über Süntels Äußerung. Dann waren alle still und nach einiger Zeit war Knorres und Süntels Schnarchen zu hören, erst leise, dann immer lauter. Es schien so, als schnarchten sie um die Wette. Carolina und die Sträucher schliefen wie immer geräuschlos. Auch von Hoppel und Büschel war nichts zu hören.

Die ruhigen Weihnachtstage gingen schnell vorüber und zwei Tage nach Weihnachten setzte Frostwetter ein. Auch während des Tages ließ der Frost nicht nach. Die gegrubberte Erde auf dem großen Feld zwischen dem Weg und der Straße wurde hart. Hoppel und Büschel mieden deshalb das Feld. Sie hatten Angst, ihre Pfoten auf dem harten Boden zu verletzen. Sie hielten sich an diesen Tagen im Park auf. Am Silvestertag stiegen schon am Nachmittag einige Raketen über der kleinen Stadt am Berg auf. Um Mitternacht waren es dann viele, die sternenförmig ihr Licht über der kleinen Stadt ausbreiteten. Carolina und ihre Nachbarn konnten das nächtliche Schauspiel sehr gut beobachten.

Aber auch diese Nacht und der Neujahrstag gingen schnell vorüber. Danach wurde es wieder milder und der Boden des großen Feldes

wurde allmählich wieder weich.
Dann kam der Morgen des 15. Januar. Es war bewölkt, nasskalt und fast windstill und zeitweise nieselte es kräftig. Hoppel blieb deshalb auf seinem Lager unter der kleinen Tanne hocken. Auch Büschel verließ sein Zuhause in Knorres Spalte nicht. Beide wollten vermeiden, dass ihr Fell nass wurde. Von Zeit zu Zeit steckte Büschel seinen Kopf neugierig aus der Spalte und blickte nach rechts und links.
„Ist das ein mieses Wetter", grummelte er undeutlich, so dass nur Knorre ihn verstand.
„Ja, das stimmt", brummte dieser zurück, „das Frostwetter war für uns alle besser. Schade, dass es so schnell zu Ende ging." Carolina, die Sträucher und Süntel duckten sich vor dem Nieselregen. Auch sie empfanden das Wetter unangenehm.
„Bist du einigermaßen vor dem Regen geschützt, Hoppel?", fragte Carolina besorgt den Hasen, der auf seinem Lager unter der kleinen Tanne kauerte.
„Es geht", antwortete jener etwas zitternd von der nassen Kälte, „noch halten deine Zweige den Nieselregen ab. Aber ich glaube, dass es bald zu tropfen anfängt."
„Hoffentlich hört dieser Nieselregen bald auf. Der ist ja furchtbar", jammerten die Sträucher. „Wenn Wind aufkäme, würden die Wolken vertrieben und wahrscheinlich würde es dann aufhören zu nieseln, aufhören zu nieseln." Dann schwiegen alle und blickten über die grau in grau wirkende Landschaft.
Nach einiger Zeit tauchten auf dem Weg aus östlicher Richtung drei Männer auf, die von einem Jagdhund begleitet wurden, der angeleint war. Knorre wurde zuerst auf sie aufmerksam. Beim Näherkommen stellte er fest, dass es sich um Jäger handelte, die jeweils ein Gewehr geschultert hatten. Er bekam ein ungutes Gefühl wegen Hoppel. Knorre ahnte, dass auf dem großen Feld Hasen gejagt werden sollten. In diesem Augenblick sah er in der Ferne weitere Jäger, die an der östlichen Seite des Feldes in einigem Abstand zueinander Aufstellung genommen hatten und sich nun langsamen Schrittes mit einem Gewehr im Anschlag parallel zum Weg und zur Straße in westliche Richtung bewegten.

Inzwischen hatte auch Süntel die Jäger bemerkt. Die Buche beobachtete voller Spannung die sich nähernden Männer.

„Die sind doch nicht ganz bei Trost", amüsierte er sich, „dass die bei diesem Wetter über das aufgeweichte Feld stiefeln. Die hätten mit ihrem Hintern besser zu Hause hinter ihrem Bratofen bleiben sollen."

„Wenn eine Jagd angesetzt ist, hält die Jäger nichts zu Hause, egal ob es regnet, stürmt oder schneit", belehrte Knorre seinen Nachbarn mit verhaltener Stimme. „Die sind dann fast wie besessen darauf." Er machte sich Sorgen um Hoppel, während Süntel bis dahin nicht an den Hasen dachte.

„Gleich wird es interessant", lachte er. „Am besten wäre es ja, wenn sie sich gegenseitig eine Schrotladung in den Hintern schießen würden. Es muss ja nicht gerade lebensgefährlich für den Angeschossenen werden." Und nach einer kurzen Pause fügte er hinzu: „Übrigens, Putjeböxe, der kleine Dicke mit dem kurzen Hals und dem runden Gesicht, ist auch dabei. Er hat den Hund an der Leine. Schon vor zwei Jahren gehörte er zu einer Jagdgesellschaft. Der redet viel und lacht über seine eigenen Erzählungen selbst am meisten. Kannst du dich noch an ihn erinnern, Knorre?"

„Aber ja", antwortete jener, „der hat sich vor zwei Jahren über jeden geschossenen Hassen am meisten gefreut. Ich weiß noch, wie er, das Gewehr im Anschlag, einen Hasen, der in einer Furche hockte und vor lauter Angst nicht weggelaufen war, mit seinem Fuß anstieß und ihn dann, als er aufsprang und wegrannte, einfach abknallte. Dabei lachte er lauthals und blickte voller Stolz in die Runde. Wahrscheinlich glaubte er, eine Heldentat vollbracht zu haben. Widerlich war das für mich. Er kam mir vor wie Rumpelstilzchen. Es fehlte nicht viel, dann wäre er vor Freude über seine Tat von einem Bein aufs andere gehüpft." Nach einem Augenblick fügte er mit besorgter Stimme hinzu: „Ich habe insgeheim gehofft, dass dieses Jahr keine Jagd auf dem großen Feld stattfinden würde. Aber nun jagen die ausgerechnet noch am 15. Januar, am so genannten Hasensilvester, dem letzten Tag der Jagdsaison. Hoffentlich bleibt Hoppel ruhig auf seinem Lager. Hoffentlich macht er nicht den Fehler und läuft aufs Feld. Hoffentlich nicht." Knorres Stimme

klang fast flehentlich. Und Büschel, der die Jäger vom Eingang seiner Spalte aus inzwischen ebenfalls bemerkt hatte, riet er:
„Bleib bloß in der Spalte. Tu mir und insbesondere dir selbst den Gefallen und verlass die Spalte nicht. Den Jägern ist nicht zu trauen. Wenn die so richtig in Jagdrage sind, insbesondere Putjeböxe, ballern die alles ab, was sich als Tier bewegt. Dann nehmen die selbst auf ein Eichhörnchen keine Rücksicht. Jedenfalls ist das meine Befürchtung."
„Nein, ich verlasse meinen Bau nicht", flüsterte Büschel mit bebender Stimme zurück „Ich bin doch nicht lebensmüde. Auch ich traue den Burschen da draußen nicht über den Weg." Dann verschwand er in Knorres Spalte, hockte sich auf sein Lager und horchte angespannt nach draußen.
Erst jetzt wurde Süntel bewusst, dass Hoppel in Gefahr war. „Meine Güte, an Hoppel habe ich gar nicht gedacht", flüsterte er besorgt zu Knorre hinüber. „Wir müssen ihn warnen. Hoffentlich bleibt er ruhig unter der Tanne liegen und läuft nicht aufs Feld. Das wäre wahrscheinlich sein Ende."
Dann rief er mit leiser Stimme Carolina zu: „Da kommen Jäger. Mach Hoppel darauf aufmerksam, aber vorsichtig, damit er sich nicht so sehr erschrickt. Sag ihm, dass er sein Lager nicht verlassen soll. Unter deinen Zweigen ist er ziemlich sicher. Sag es ihm ganz eindringlich." Carolina erschrak. Sie hatte die Jäger bis jetzt nicht bemerkt. Aber nun sah sie sie auf dem Feld und auch die drei mit dem Jagdhund auf dem Weg.
„Bleib auf deinem Lager, Hoppel. Lauf nicht auf den Weg und nicht aufs Feld. Dort sind Jäger .Aber sie werden dich nicht entdecken, wenn du unter meinen Zweigen bleibst", flüsterte sie dem Hasen zu. Aus ihrer Stimme klang jedoch Sorge und Angst um ihren Schützling. Hoppel erschrak und antwortete mit vor Furcht leicht zitternder Stimme, dass er versuchen wolle, ruhig zu bleiben und dass er sein Lager nicht verlassen wolle. Ihm war bewusst, dass er unter den Zweigen der kleinen Tanne am sichersten vor den Jägern sein würde. Dennoch konnte er seine Angst nicht ganz unterdrükken. Er hatte in den vergangenen Jahren mehrere Freunde durch Jäger verloren und einige waren auf Straßen überfahren worden.

In diesen Augenblicken tauchten in ihm die Erinnerungen an sie wieder auf. Er wollte noch am Leben bleiben und nicht durch Schrotkugeln enden.
Auch die Sträucher, die inzwischen ebenfalls auf die Jäger aufmerksam geworden waren, sorgten sich um Hoppel. Sie flüsterten Carolina zu, als befürchteten sie, von den Jägern verstanden zu werden: „Rede Hoppel gut zu, dass er unter deinen Zweigen bleibt, dass er bloß nicht aufs Feld rennt, bloß nicht aufs Feld rennt." Dann wurde ihnen voller Schrecken bewusst, dass der Jagdhund ihre Sprache verstehen konnte. Sie riefen deshalb mit verhaltener Stimme zu Carolina, Knorre und Süntel hinüber: „Nicht mehr von Hoppel sprechen, nicht mehr von Hoppel sprechen. Der Hund wird sonst auf ihn aufmerksam. Der Hund darf nicht wissen, dass Hoppel unter Carolinas Zweigen sitzt."
„Gut, dass ihr uns daran erinnert", lobte Süntel die Sträucher, „ich hätte nicht daran gedacht, dass der Hund uns versteht." Auch Knorre sagte anerkennend, dass die Sträucher aufmerksam gewesen seien.
„Lasst uns nicht mehr über Hoppel sprechen", fügte er hinzu. „Am besten ist es, wenn wir mit dem Hund reden und ihn dadurch ablenken. Die Hauptsache aber ist, dass Hoppel ruhig bleibt und nicht aufs Feld läuft."
Dann hatten die drei Jäger mit dem Hund die Bank erreicht. Sie lehnten ihre Flinten gegen die Sitzfläche und blickten nach links zu ihren Jagdgenossen hinüber, die langsamen Schrittes über das aufgeweichte Feld zwischen dem Weg und der Straße in Richtung Westen stiefelten.
„Ist das ein Sauwetter heute", klagte Putjeböxe und schob den Kragen seines Lodenmantels so hoch es ging unter den Rand seines grünen Hutes. „Meine Finger sind schon klamm. Aber zum Abdrücken reicht es wohl noch. Wenn es so weiter nieselt, sind meine Gummistiefel bald voll gelaufen. Schade für Wilhelm, den Jagdherrn, ich hätte ihm besseres Wetter gewünscht."
„Ja, schade für ihn", bekräftigte der eine Begleiter von Putjeböxe die Enttäuschung seines Jagdgenossen. „Die ganzen Vorbereitungen und dann so ein Wetter. Seine Frau wird nicht gerade erfreut sein,

wenn wir nachher mit unseren dreckigen Stiefeln ihre Diele beschmutzen."

„Was nützt das Jammern. Das Wetter ist nun mal heute schlecht", versuchte der dritte Jäger seine Kumpanen zu trösten. „Gott sei Dank, können wir am Wetter nichts ändern. Wäre es anders, gäbe es oft Mord und Totschlag."

Alle drei standen wegen des Nieselregens etwas gebeugt auf dem Weg und blickten unter ihren Hüten hinweg missmutig in Richtung ihrer Jagdgenossen, die sich von links auf dem Feld allmählich näherten. Der Jagdhund, der rechts neben Putjeböxe auf dem Weg saß, hatte während des kurzen Gesprächs der drei Männer wiederholt seinen Kopf etwas gehoben, ihn halb in Richtung zur kleinen Tanne gedreht und unruhig geschnüffelt. Dabei wurde er von Carolina, den Sträuchern, Knorre und Süntel beobachtet. Alle erschraken. Sie befürchteten, dass der Hund Hoppel gewittert hatte.

„He du, komm mal zu mir rüber", versuchte Knorre ihn abzulenken, „du bist zum ersten Mal in dieser Gegend. Lass uns ein bisschen plaudern, damit wir uns näher kennen lernen."

Aber der Hund reagierte abweisend: „Ich bin nicht hier, um mit dir zu quatschen. Ich habe eine Aufgabe zu erfüllen."

„Was ist denn das für eine Aufgabe?", mischte sich Süntel lauernd ein. „Erzähle uns doch mal davon. Du tust ja gerade so, als seiest du unentbehrlich."

„Bin ich auch", erwiderte der Hund. „Glaubst du denn, die Jäger haben Lust, übers Feld zu laufen und einen erschossenen Hasen zu holen. Das besorge ich für sie. Hoffentlich fällt bald der erste Schuss."

‚Der ist schon genau so wild auf die Ballerei und das Töten von Hasen wie sein Herr', dachte Knorre. Aber er sagte es nicht, um den Hund nicht zu verärgern.

„Trotzdem solltest du mal zu mir kommen", versuchte die Eiche den Hund erneut zu locken. „Ich kann dir viel aus vergangenen Zeiten erzählen. Deine Aufgabe brauchst du dabei ja nicht zu vergessen."

Aber der Hund reagierte wiederum abweisend:

„Rede so viel du willst. Ich bleibe hier. Deine Erzählungen interessieren mich nicht. Ich warte auf meinen Einsatz."

Süntel versuchte, den Hund mit den Worten zu provozieren und

ihn dadurch abzulenken:
„Du bist ganz schön arrogant und eingebildet. Du glaubst wohl, als Jagdhund etwas Besonderes zu sein und hältst eine Unterhaltung mit uns für nicht standesgemäß. Dabei bist du, was dein Alter anbetrifft, gegenüber der Eiche und mir nur ein Winzling, der keinen Grund hat, ein Gespräch mit uns abzulehnen."
Doch der Hund ließ sich nicht ablenken, schnüffelte weiter in Richtung zur kleinen Tanne, stand gleich danach auf und zerrte an der Leine. Die drei Jäger waren inzwischen auf die Unruhe des Hundes aufmerksam geworden.
„Was hat der bloß?", wunderte sich Putjeböxe. „Warum zieht er in diese Richtung und nicht aufs Feld? Irgendetwas ist da bei der Tanne."
„Lass ihn doch mal laufen", riet der eine Jäger, dessen Nase an den Schnabel eines Habichts erinnerte.
„Ja, lass ihn doch mal in diese Richtung laufen", empfahl auch der dritte Jäger.
„Na gut, dann komm mal mit", forderte Putjeböxe seinen Hund auf und ließ ihn an der Leine bis zur Tanne gehen. Dort kratzte der Hund mit seinen Vorderpfoten aufgeregt die Erde nach hinten, bellte dabei und versuchte, mit seiner Schnauze zwischen die Nadeln der kleinen Tanne zu kommen. Aber er zuckte jedes Mal zurück, weil seine empfindliche Schnauze das Pieksen der Nadeln nicht vertragen konnte.
„Was hast du denn? Was ist denn da?", wollte Putjeböxe wissen, beugte sich vor und versuchte gespannt, zwischen die Zweige der kleinen Tanne zu blicken. Aber er bemerkte Hoppel nicht.
„Da muss aber etwas sein", vermuteten die beiden anderen Jäger, „sonst würde der Hund nicht so reagieren."
„Da ist auch was", war Putjeböxe überzeugt. „Aber was?"
Der Jäger, dessen Nase etwas Ähnlichkeit mit dem Schnabel eines Habichts hatte, holte seine Flinte, hielt sie im Anschlag und blickte gebannt auf den Hund und die kleine Tanne. Knorre, Süntel, die Sträucher und Carolina, die den Hund und die Jäger beobachteten, erschraken bis in die Spitzen ihrer Zweige. Sie hatten furchtbare Angst um Hoppel. Aber sie waren machtlos. Sie wussten, dass es

jetzt allein auf Hoppel ankam, was in den nächsten Augenblicken mit ihm geschah. Sie konnten nichts weiter für ihn tun. Auf Grund des vorausgegangenen abweisenden Verhaltens des Hundes versuchten sie jetzt nicht noch einmal, ihn abzulenken.
„Bleib liegen, Hoppel", flüsterte Carolina dem Hasen zu, „bleibe ganz ruhig liegen. Nicht weglaufen, bloß nicht weglaufen. Wenn du das tust, bist du verloren." Sie hatte in diesem Augenblick der höchsten Gefahr für Hoppel ganz vergessen, dass der Hund sie verstehen konnte. Aber der war so aufgeregt und in Jagdfieber, dass er nicht einmal mitbekam, dass Carolina etwas flüsterte.
Hoppel hockte wie erstarrt vor Angst auf seinem Lager. Er zitterte am ganzen Körper und war deshalb nicht mehr in der Lage, sein Verhalten zu steuern. Carolinas Worte hörte er wie aus der Ferne, aber er verstand sie nicht. Auch das vorausgegangene kurze Gespräch der Jäger hatte er nicht begriffen. Er wusste nicht, was er tun sollte. Er hörte das Bellen des Hundes und sein Scharren mit den Vorderpfoten unmittelbar vor sich. Dann wurde seine Angst so groß, dass er es nicht mehr auf seinem Lager unter den Zweigen der kleinen Tanne aushielt. Wie von einem unwiderstehlichen Zwang getrieben schlüpfte er unter den tief hängenden Tannenzweigen hervor, verharrte danach einen ganz kurzen Moment zitternd auf dem Weg, blickte mit weit geöffneten Augen die Jäger an und rannte dann aufs Feld.
Als Knorre ihn unter den Tannenzweigen hervorkommen sah, brüllte er zu Hoppel hinüber, er solle in den Park laufen. Dort sei es für ihn sicherer. Aber Hoppel verstand vor Furcht und Aufregung nichts. Auch Carolina, die Knorre noch nie zuvor so laut hatte brüllen hören, schrie ihm zu: „Lauf nicht aufs Feld, renne in den Park, renne in den Park."
Die Sträucher und Süntel riefen ebenfalls so laut sie konnten dem Hasen zu, er solle in den Park laufen, weil es dort am sichersten für ihn sei. Aber Hoppel hörte zwar das Brüllen von Knorre und das Geschrei der anderen; aber vor lauter Angst verstand er es nicht. Dann lief er so schnell er konnte aufs Feld. Warum er diesen Weg wählte, wusste er nicht. Möglicherweise meinte er instinktiv, dort den Jägern zu entkommen Der Jäger, der seine Flinte im Anschlag

hielt, legte an und schoss unmittelbar darauf. Hoppel wurde getroffen, schleuderte einige Meter durch die Luft und blieb dann auf dem feuchten Boden des großen Feldes liegen. Er war tot. Der Jagdhund, der vom Auftauchen des Hasen völlig überrascht worden war, blickte ihm verdutzt nach. Dann bekam er von Putjeböxe den Befehl, Hoppel vom Feld zu holen. Der Hund rannte los, ergriff den Hasen mit seinem Maul und legte ihn wenige Augenblicke später seinem Herrn vor die Füße.

„Gut gemacht", lobte dieser seinen Hund und an den Schützen gewandt erklärte er: „Das war ein erstklassiger Schuss. Der erste Hase heute. Der sollte dir nachher eine Runde wert sein."

Carolina und ihre Nachbarn waren vor Schrecken wie gelähmt. Ihre Zweige neigten sich vor Trauer und innerlich weinten sie über Hoppels Tod.

In den folgenden Minuten fielen weitere Schüsse, die das Ende einiger Artgenossen von Hoppel bedeuteten. Aber Carolina, Knorre, Süntel und den Sträuchern wurde das nicht mehr so richtig bewusst. Sie waren niedergeschlagen und dachten an Hoppel, der nun nicht mehr lebte, den sie jetzt nicht mehr fürsorglich beraten und dessen Hakenschlagen sie nicht mehr bewundern konnten. Das ganze Geschehen auf dem Feld kam ihnen wie ein unwirklicher Spuk vor, dessen Ende sie ebenfalls nicht bewusst mitbekamen.

Die drei Jäger auf dem Weg und der Hund mit Hoppel im Maul schlossen sich den übrigen Jägern an, als diese in Höhe der Eiche waren, und entfernten sich mit ihnen in westlicher Richtung. Carolina und ihre Nachbarn hörten danach noch weitere Schüsse, die sie aber nur wie in einem betäubten Zustand wahrnahmen. Büschel hockte während des ganzen Geschehens zitternd vor Angst in Knorres Spalte. Er hörte dessen Brüllen und das Geschrei der anderen und er ahnte, dass mit Hoppel etwas Schreckliches passiert war. Erst als er kein Gespräch der Jäger und keinen Schuss mehr vernahm, traute er sich bis an den Rand der Spalte und blickte hinaus. Aber seine Nachbarn schwiegen. Auch Büschel sagte nichts. Alle waren lange Zeit schweigsam, blickten auf das große Feld und zu dem Berg hinüber, der von grauen Wolken umhüllt war. Es war ganz still. Der Nieselregen triefte von den Ästen der Büsche und Bäume und die

kleine Stadt in der Ferne war wegen des trüben Wetters nicht mehr zu sehen. Dann unterbrach Knorre das Schweigen nachdenklich mit den Worten:
„Warum musste Hoppel so enden? Warum? Er hat doch keinem etwas getan. Er hat so oft Angst gehabt und…“. Knorre konnte vor Trauer und Verbitterung nicht weitersprechen.
„Bei uns hat er sich wohl gefühlt“, sagte Süntel nach einiger Zeit mit leiser Stimme „Er hätte so gern noch gelebt.“ Dann schwiegen alle einige Minuten. Büschel saß auf dem Rand der Spalte und dachte an Hoppel. Er mochte jetzt nicht reden. Dann fuhr Süntel langsam sprechend fort:
„Ist es nicht widersinnig, dass wahrscheinlich einigen Jägern, die jetzt oder nachher das Totschießen von Hoppel feiern, früher von ihren Eltern oder Großeltern vorgesungen wurde: Häschen in der Grube saß und schlief. Armes Häschen bist du krank, dass du nicht mehr hüpfen kannst? Vielleicht singt der eine oder andere von ihnen morgen schon seinen eigenen Kindern oder Enkelkindern dieses Lied vor. Und dann knallen sie die Hasen im Herbst und im Winter ab und freuen sich über jedes erlegte Tier. Dabei haben die Hasen kaum eine Chance, weil mit Schrot geschossen wird und sie arglos nicht rechtzeitig flüchten. Ich verstehe das alles nicht.“
„Wir auch nicht, wir auch nicht“, pflichteten ihm die Sträucher bei. Carolina war vor Trauer über Hoppels Tod nicht in der Lage, dazu etwas zu sagen
„Die Jäger meinen ja, die Jagd, also auch die Hasenjagd, sei Naturschutz. Die Hasenbestände müssten reguliert werden, weil die natürlichen Beutegreifer wie Wolf, Luchs und Bär fehlten“, erklärte Knorre. Aber aus seiner Stimme waren Zweifel an dieser Auffassung zu hören.
„Weil diese Wildtiere hier bereits ausgerottet wurden“, warf Süntel ein. „Im Übrigen gibt es noch Füchse und Raubvögel, die den Bestand der Hasen regulieren könnten. Nein, nein, ich glaube den Jägern nicht, die ihre Hasenjagd mit Naturschutz begründen. Die machen das nach meiner Überzeugung aus Spaß am Jagen und Schießen. Wie viele Hasen haben wir denn im vergangenen Jahr auf dem Feld vor uns gesehen? Es waren nach meiner Erinnerung

doch kaum zehn. Wenn Fußgänger in der Feldmark spazieren gehen, bekommen sie kaum noch Hasen zu Gesicht. Nein, nein, die Jäger können viel erzählen. Ich glaube ihnen nicht."

Danach schwiegen wieder alle. Büschel hielt sich im weiteren Tagesverlauf entgegen seiner sonstigen Gewohnheit in der Spalte auf und auf dem Weg, ganz in der Nähe von Knorre, obwohl es am Nachmittag nicht mehr nieselte. Er tat das nicht aus Angst vor den Jägern, die längst weg waren, sondern weil er heute wegen Hoppels Tod keine Freude am Herumstrolchen im Park hatte.

So verging allmählich dieser für Carolina und ihre Nachbarn so schreckliche Tag. Es wurde früh dunkel. Aber während der Nacht konnte Carolina nicht richtig schlafen. Sie war immer zwischen Wachen und Schlummern. Einmal wurde sie hellwach, weil sie in einem kurzen Traum geweint hatte. Weder am Abend noch in der Nacht hörte sie ein Schnarchen von Knorre und Süntel. Sie schloss daraus, dass beide ebenfalls nicht schlafen konnten. Die Sträucher schliefen stets geräuschlos, so dass Carolina nicht wusste, ob sie eingeschlafen waren.

Dann wurde es nach vielen Stunden der Dunkelheit und des langen Wachens wieder hell. Die Sonne schien und das trübe Wetter vom Vortage war wie weggeblasen. Büschel kam erst am späten Vormittag aus Knorres Spalte und tollte etwas auf dem Weg und ganz in der Nähe seiner Nachbarn im Park herum. Er war für sie immer zu sehen. Carolina, Knorre, Süntel und die Sträucher hatten den Eindruck, dass er auch heute keine rechte Lust hatte, etwas zu unternehmen. Auf dem Weg gingen nur hin und wieder Menschen vorbei. Aber niemand setzte sich auf die Bank.

Gegen Abend stellte Süntel die düstere Frage, wie lange er und seine Nachbarn hier wohl noch stehen würden und wie lange Büschel noch in der Spalte leben würde. Eine Antwort darauf konnte er jedoch nicht geben, auch die anderen nicht. Knorre sagte nachdenklich, dass eines Tages keiner von ihnen mehr hier sein werde. Es sei nur eine Frage der Zeit, wann der einzelne nicht mehr da sei. Alles auf dieser Erde sei vergänglich, aber auch alles. Selbst er, der nun schon seit Jahrhunderten hier stehe, sei eines Tages nicht mehr da.

„Trübe Aussichten sind das", meinte Süntel trocken, „aber es ist so.

Hoppel ist uns nur vorausgegangen. Wir werden ihm irgendwann folgen."

Dann wurde es wieder dunkel und auch in dieser Nacht fand Carolina kaum Schlaf. Knorre und Süntel schnarchten nur einige Male für kurze Zeit, sonst hörte Carolina nichts von den beiden. Als es am Morgen dämmerig wurde, befanden sich Carolina, Süntel, die Sträucher und Büschel noch in einem Halbschlaf. Nur Knorre war vollkommen wach. Plötzlich sah er einen Hasen vorsichtig aus dem Park kommen. Das Tier setzte sich unmittelbar vor Knorre auf den Weg und blickte etwas nervös nach rechts und links und dann an Knorre hoch.

„Woher kommst du denn schon so früh?", wollte Knorre von dem Hasen wissen. Er sprach leise, um seine Nachbarn nicht zu wekken.

„Das hast du doch gesehen", antwortete der Hase keck, „aus dem Park"

„Warst du vorgestern auch schon dort?", fragte Knorre weiter.

„Aber ja", erwiderte der Hase, „vorgestern war Jagd. Glaubst du denn, ich treibe mich dann auf dem Feld herum, obwohl ich mich dort an sich recht wohl fühle? Ich bin doch nicht blöd und lasse mich doch nicht auf offenem Feld von diesen Ballermännern abknallen. Als ich sie sah, habe ich mich gleich in den Park verdrückt. Da schießen sie nicht. Ich glaube, das dürfen sie dort auch nicht."

„Das war sehr klug von dir", lobte Knorre den Hasen, „wenn du das nicht getan hättest, wärest du jetzt vielleicht schon tot."

„Wahrscheinlich ja", erklärte der Hase und fügte dann voller Stolz hinzu: „Das mache ich schon seit zwei Jahren so, nachdem mir klar geworden war, dass ich auf dem Feld eine leichte Beute für die Jäger bin. Mehrere Freunde von mir haben dort bereits ihr Leben lassen müssen. Na ja und so habe ich überlebt."

Knorre bewunderte den Hasen insgeheim und dachte dabei an Hoppel. Vielleicht konnte er den Hasen überzeugen, Hoppels Lager unter Carolinas Zweigen zu bewohnen. Für Carolina würde das neuen Lebensmut bedeuten. Aber auch er, Knorre, und Süntel sowie die Sträucher und Büschel würden ihre Freude an einem neuen Nachbarn haben.

„Sag mal, Hoppel“, Knorre nannte ihn plötzlich unbewusst wie den verstorbenen Hoppel, „könntest du dir vorstellen, hier in unserer Nachbarschaft zu leben? Dort drüben steht die kleine Tanne Carolina, schräg hinter dir ist Süntel die Buche mit den verdrehten Ästen, ein angenehmer Zeitgenosse, und hinter der Bank und links und rechts davon schlafen noch die Sträucher. Du könntest unter den Zweigen der kleinen Tanne wohnen. Dort bist du weitgehend vor Regen und Schnee geschützt und da ist es warm. Dort hatte bis vorgestern ein Hoppel sein Lager. Er wurde jedoch von einem Jäger erschossen. Wir alle sind darüber sehr traurig.“
„Und ich bin auch noch da“, meldete sich Büschel vom Rand der Spalte. Er war von dem Gespräch zwischen Knorre und dem Hasen wach geworden.
„Ach ja, dich habe ich ganz vergessen“, reagierte Knorre auf die Worte des Eichhörnchens. „Dieser Zeitgenosse da oben heißt Büschel. Er sieht nicht nur gut aus, sondern ist auch ziemlich gewitzt, allerdings ein bisschen eitel, aber ein netter Kerl und ein wirklich guter Untermieter von mir. Mit ihm würdest du dich sicher verstehen.“
„Das will ich meinen“, tönte Büschel selbstbewusst von oben herab, „mit mir wirst du keine Schwierigkeiten haben.“
„Denkst du denn, dass Carolina einverstanden sein wird, wenn ich das Lager unter ihren Zweigen beziehe?“, fragte der Hase etwas zweifelnd.
„Aber ganz sicher“, war Knorre überzeugt, „Carolina wäre glücklich, wenn sie wieder jemand unter ihren Zweigen wohnen hätte, den sie bemuttern könnte.“
„Da bin ich auch ganz sicher“, meldete sich Süntel zu Wort, der inzwischen wach geworden war und Knorres Bemühungen unterstützte, einen neuen Hoppel in ihrer Nachbarschaft zu haben. „Unter Carolinas Zweigen könnte dich keiner sehen, wenn er nicht gerade die Tannenzweige beiseite schieben würde. Aber wer tut das schon? Du könntest morgens so lange schlafen wie du willst, ohne befürchten zu müssen, dass dich ein Mensch oder ein Hund in einer Kuhle auf dem Feld aufstöbert.“
„Und wenn im Herbst oder im Winter Jagd wäre, könnte ich dich

rechtzeitig warnen“, setzte Knorre seine Bemühungen fort, „ich sehe die Jäger wegen meiner Größe und meines Standortes unmittelbar am Feld in der Regel zuerst. Du könntest dann schnell unter Carolinas Zweige schlüpfen oder im Park verschwinden. Dort wärest du sicher, weil die Jäger da nicht schießen dürfen.“
„Aber könnte es dann nicht schon zu spät für mich sein?“, gab der Hase zu bedenken, „die Jäger haben eine Flinte. Damit können sie ziemlich weit schießen.“
„Nein, das stimmt so nicht ganz“, versuchte Süntel die Bedenken des Hasen auszuräumen, „aus einer weiten Entfernung zu einem Hasen schießen die nicht, jedenfalls die erfahrenen Jäger nicht, weil die Schrotladung nicht sehr weit reicht. Es wäre für dich allerdings gefährlich, wenn du einen Flintenjäger – Flintenweiber sind nur ganz selten unter den Jägern – bis auf etwa dreißig Meter an dich herankommen ließest. Bei einer weiteren Entfernung wird es immer ungefährlicher für dich. Etwa ab fünfzig Meter Entfernung kann dir die Schrotladung überhaupt nichts mehr anhaben.“
„Stimmt das wirklich?“, bezweifelte der Hase die Angaben der Buche.
„Süntel hat Recht“, bekräftigte Knorre die Äußerungen seines Nachbarn. „Ich habe viele Jahre Jagden beobachtet und dadurch viel gelernt.“
Dann meldete sich Süntel wieder zu Wort: „Und dann darfst du nicht vergessen, dass die Jäger zu Beginn einer Jagd erst einmal Aufstellung nehmen. Das dauert seine Zeit. Bis dahin hätte dich Knorre längst gewarnt und du hättest Zeit genug, unter Carolinas Zweigen oder im Park zu verschwinden.“
„Zumal die meisten Jäger alte Knacker sind“, ergänzte Knorre. „Viele haben einen Bauch, den sie vor sich herschieben müssen, einige haben es in den Beinen und sogar am Herzen oder haben Rheuma und Rückenschmerzen. Diese Halbinvaliden taugen zwar noch für eine Jagd im Stehen oder Sitzen oder mit langsamen Schritten, aber viele von ihnen würden keinen anstrengenden 200-Meter-Lauf überstehen. Du glaubst gar nicht, was da für gesundheitlich angeschlagene Kreaturen bei einer Jagd über die Felder stampfen. Wenn die Jäger keine Flinte hätten, könnten sich die Hasen über sie kaputt

lachen."
Der Hase grinste über Knorres Einschätzung und die Sträucher, die inzwischen ebenfalls wach geworden waren, kicherten.
„Endlich lacht mal wieder jemand, jedenfalls im Ansatz", bemerkte Süntel trocken, „das finde ich gut. Wir sollten uns wegen Hoppels Tod nicht länger antrauern. Er hätte das nicht gewollt. Vergessen werden wir ihn sowieso nicht. Aber jeder Tag, an dem nicht mindestens einmal gelacht wird, ist fast ein verlorener Tag."
„Ja, das stimmt", sagte Knorre nachdenklich, „auch Hoppel hätte dem zugestimmt."
„Eigentlich seid ihr mir ganz sympathisch", gab der Hase vorsichtig zu verstehen, „euren Vorschlag finde ich nicht schlecht und die Gründe dafür haben mich überzeugt. Wenn Carolina einverstanden ist, werde ich mir das Lager unter ihren Zweigen mal ansehen."
„Tu das", brummte Knorre erfreut, „ich glaube, sie schläft noch. Ich werde sie wecken." Dann rief er leise einige Male den Namen der kleinen Tanne und als diese allmählich aus ihrem Halbschlaf erwachte, rief er ihr zu:
„Sieh mal, wer hier ist."
Carolina war derart überrascht, als sie den Hasen auf dem Weg sah, dass sie für einen Augenblick glaubte, Hoppel vor sich zu haben, und seinen Namen ausrief. Aber dann erkannte sie, dass es ein anderer Hase war, der sie freundlich anblickte.
„Er interessiert sich für Hoppels Lager unter deinen Zweigen. Darf er es mal ansehen und ausprobieren? Vielleicht bleibt er bei uns", rief Süntel zur kleinen Tanne hinüber. Carolina war so verdutzt, dass sie zunächst mit einer Antwort zögerte und der Hase schon glaubte, die kleine Tanne lehne ihn ab. Aber dann sagte sie mit verhaltener Freude:
„Natürlich darfst du dir das Lager ansehen und es ausprobieren. Komm nur her." Der Hase hoppelte langsam zur kleinen Tanne, schlüpfte unter ihre Zweige und streckte sich auf dem Lager aus. Nach einiger Zeit erklärte er der gespannt auf eine Reaktion wartenden Tanne:
„Sehr bequem hier. Ich kann von diesem Platz aus draußen vieles beobachten und das Hineinkommen ist problemlos."

„Dann kommst du auch ohne Schwierigkeiten wieder hinaus", meinte Carolina. Dann fügte sie zaghaft hinzu:
„Bleibst du? Ich würde mich sehr freuen, Hoppel." Sie erschrak etwas darüber, den Hasen so ohne weiteres Hoppel genannt zu haben. Aber dieser meinte ganz frei heraus:
„Nenne mich ruhig Hoppel wie meinen Vorgänger. Ich bleibe. Eigenartig, ich habe mich bei euch gleich wohl gefühlt, obwohl ich nie zuvor mit euch ein Wort gewechselt habe. Eigenartig. Ja, ich bleibe." Dann schlüpfte er unter Carolinas Zweigen hervor, hoppelte auf den Weg und verkündete mit lauter Stimme, so dass alle ihn hören konnten:
„Ihr habt mich überzeugt. Ich bleibe bei euch."
Die Sträucher jubelten und Büschel flitzte freudig in Knorres Spitze. Knorre und Süntel meinten übereinstimmend, aber etwas zurückhaltend, der Hase habe eine gute Entscheidung getroffen, er werde sich bestimmt in ihrem Kreis wohl fühlen. Carolina war glücklich; sie konnte es jedoch nicht so recht zeigen. Hoppels Tod war noch zu schmerzhaft für sie. Aber sie spürte, dass ihr neuer Hoppel ihr helfen würde, ihre Trauer und ihren Schmerz zu überwinden.
„Ich sollte mir mal meine neue Umgebung ansehen", meinte Hoppel, „ich bin zwar irgendwann schon mal hier vorbeigekommen, aber genau kenne ich diese Gegend nicht."
„Ich komme mit", rief Büschel, „natürlich nur, wenn du willst. Ich schlage vor, zuerst den Park zu erforschen. Ich kenne mich dort sehr gut aus." Hoppel war einverstanden und gleich darauf verschwanden beide im Park. Carolina rief ihnen noch besorgt nach, sie sollten vorsichtig sein und vor Einbruch der Dunkelheit zurückkehren.
„Schön, dass wieder ein Hoppel unter uns ist, unter uns ist", schnatterten die Sträucher begeistert durcheinander. „Wir werden auf ihn aufpassen wie ein Schießhund, wie ein Schießhund. Der Jagdhund von Putjeböxe würde ein dummes Gesicht machen, wenn er sehen würde, dass ein neuer Hoppel unter Carolinas Zweigen wohnt."
„Der macht ohne Putjeböxe gar nichts", spottete Süntel, „der arme Köter darf nur das tun, was Putjeböxe ihm befiehlt." Dann wandte Süntel sich an Knorre: „Hast du das gehört, Knorre? Die Sträucher haben Schießhund gesagt. Dieser Ausdruck fehlte neulich noch in

unserer Aufzählung über Begriffe in Verbindung mit Hund."
„Ich habe es gehört", antwortete Knorre, „ja, ja, wir alle werden auf den neuen Hoppel aufpassen wie ein Schießhund, damit Putjeböxes Hund oder ein anderer Hund nicht auch ihn aufscheucht."
Carolina schmunzelte, die Sträucher kicherten und Süntel lachte hell auf.
„Du kannst ja wirklich lachen silberhell", begeisterten sich die Sträucher, „sonst hast du meistens nur gesagt: Da muss ich lachen silberhell. Aber du hast dann nicht gelacht. Doch eben hast du gelacht und dein Lachen klingt tatsächlich silberhell, silberhell."
„Wenn ich das sage, reicht es", erwiderte Süntel gespielt selbstbewusst, „dann brauche ich mich doch nicht noch anzustrengen und tatsächlich zu lachen."
Knorre grinste und die Sträucher amüsierten sich:
„Recht hast du, Süntel, Recht hast du. Es reicht aus, wenn du uns sagst, dass du lachen musst silberhell. Wir wissen dann in Zukunft, dass es für dich etwas zu lachen gab."
Im Laufe des Tages wurde es kälter und Schnee lag in der Luft. Carolina wartete am Nachmittag gespannt und voller Sorge auf Büschels und Hoppels Rückkehr. Beide waren jedoch bereits vor Beginn der Dämmerung wohlbehalten zurück. Büschel berichtete voller Stolz, was er Hoppel alles gezeigt hatte und der Hase erzählte begeistert, dass er viel gesehen und sich mit Büschel gut verstanden habe. Dann suchte Büschel müde die Spalte in Knorres Stamm auf und schlief bald ein. Hoppel kuschelte sich auf sein Lager unter den Zweigen der kleinen Tanne und flüsterte ihr zu:
„Das war heute ein spannender Tag für mich. Büschel weiß im Park gut Bescheid. Er ist ein prima Kumpel." Und nach einer kurzen Pause fügte er hinzu: „Ich liege hier gut. Ich fühle mich sehr wohl bei dir. Gute Nacht, Carolina."
„Gute Nacht, Hoppel", erwiderte die kleine Tanne glücklich und blickte anschließend noch eine Weile in die Nacht hinaus. Im Licht des Halbmondes, der zeitweise von dicken Wolken verdeckt war, sah sie schemenhaft die Umrisse des Berges jenseits des großen Feldes und der Straße und sie sah die Lichter der kleinen Stadt an dem anderen Berg im Westen. Dann hörte sie Knorre und Süntel

schnarchen, erst etwas leise und dann immer lauter, zum ersten Mal wieder seit Hoppels Tod. Alsbald danach schlief auch sie ein, nach fast zwei wachen Nächten tief und traumlos. Als die kleine Tanne am nächsten Morgen aufwachte, war alles um sie herum weiß. Es hatte während der Nacht geschneit, ohne dass sie davon etwas gemerkt hatte. Es war fast so wie vor etwa einem Jahr, als sie Hoppel kennen gelernt und er im Schnee auf dem großen Feld seine Haken geschlagen hatte. Sie erinnerte sich daran und sie lächelte.